Divina

Divina

La mujer en veinte voces

Antología latinoamericana

Guatemala
México
Perú
Puerto Rico
Venezuela

Colección Tinglar

Ediciones  Scriba NYC

Divina – La mujer en veinte voces
© 2018 Patricia Schaefer Röder
Ediciones Scriba NYC
Colección Tinglar – Cuentos
Narrativa breve

Foto portada: María Elena Urrunaga
Arte portada: Jorge Muñoz
Ilustraciones: Ursula Muñoz Schaefer
Diagramación: Scriba NYC
Edición: Patricia Schaefer Röder

ISBN: 978-0-9845727-9-3

Impresión: CreateSpace

Scriba NYC
Soluciones Lingüísticas Integradas
26 Carr. 833, Suite 816
Guaynabo, Puerto Rico 00971
+1 787 2873728
www.scribanyc.com

Agosto 2018

A María Elena Urrunaga

...Era llena de gracia
como el Ave María
y a la fuente de gracia
de donde procedía
se volvió como gota
que se vuelve a la mar.

Amado Nervo

CONTENIDO

María Elena Urrunaga

Palabras de Elvira Ordóñez:

La impalpable y a la vez profunda huella de los sentimientos y de las acciones de los seres humanos se yergue más allá de todos los ocasos y surge nítida a través del filtro de la ausencia. Vislumbramos entonces con mayor claridad la esencia del ser, principalmente cuando los que partieron dejaron una impronta de amor, empatía y generosidad. Nos estamos refiriendo a la poeta y escritora María Elena Urrunaga Montoya, a quien dedicamos el presente libro y que significó, para todos los que la conocieron, un verdadero y profundo encuentro con el ser humano dentro de su más transparente prisma, el más sincero vínculo y el más humano y tierno abrazo.

Generosa y fraterna, María Elena acogía a sus amigos con la belleza de su persona y de su alma. En el artístico entorno que la rodeaba, como una complementación de su espíritu, nada escapaba al arte y a la armonía. Ahora, con la perspectiva que da la ausencia, ella permanece indeleble en el recuerdo con la huella de sentimientos llenos de sinceridad y amor.

Su espíritu tan sensitivo y alturado nos ha dejado en su poesía el cristalino vibrar de su alma, a la que no ensombrecieron ni quejas ni reclamos, sino entrega como dádiva y vertiente. En su prosa se refleja la lucidez de su inteligencia, el acertado enfoque de sus conceptos y el dominio en la expresión de la palabra, tanto en sus juicios críticos como en sus comentarios.

María Elena Urrunaga Montoya ha dejado una indeleble impronta en el alma, a través de su voz y de su espíritu en los que brillaban la generosidad, la acogida y el amor; todo ello deseamos testimoniar en este libro, el cual reúne el unánime sentimiento de sus amigas.

***

Palabras de Amalia Cornejo Cavero, directora de VOCES, Revista Cultural de Lima, quien le dedicó a María Elena Urrunaga la edición No. 61 de la mencionada revista:

A María Elena siempre la tendremos presente en nuestro recuerdo, pensamiento y corazón como un ser iluminado y transparente. Ha sido un verdadero ejemplo de templanza y equilibrio. Sus palabras eran cariñosas, solidarias y llenas de optimismo.

Fue una destacada colaboradora de nuestra publicación a través de sus valiosos artículos, en los que resaltaba lo mejor de las personas. Sobresalen, entre otros, los dedicados al investigador y periodista Gonzalo Bulnes Mallea, al decimista Germán Súnico Bazán y a la bailarina clásica y promotora cultural Doris de la Puente...

Elenita también colaboraba en Educación y Democracia, revista de la Universidad Alas Peruanas, dirigida por el Dr. Enrique Saravia, hasta el año 2014.

A quien amor nos dio
que Dios la guarde
en su gloria y nosotros
en el corazón.

*Publicado en la revista Voces de Lima No. 61, 2016 *Abrigamos esperanzas*, artículo "Hasta Siempre Elenita" páginas 20 y 21.

Palabras de la Editora

Conocí a María Elena Urrunaga Montoya en agosto de 2012, en un viaje que gané como primer premio del Certamen de Narrativa del Instituto de Cultura Peruana en Miami, EE.UU. La escritora y poeta Atala Matelini, amiga del presidente del ICP, Ricardo Calderón, organizó una velada con otras amigas escritoras para darme la bienvenida al Perú y estrechar los lazos que nos unen a través de la palabra, el sentimiento y la hispanidad, borrando las fronteras entre la tan hermosa Tierra Inca y Borinquen.

Desde el primer momento, percibí en María Elena el abrazo de quien recibe a alguien muy querido y lo hace sentir en casa. Tanto ella como todas las damas que me acompañaron esa tarde hicieron de aquella, una velada inolvidable en la que compartimos literatura, anécdotas y risas.

De regreso a Puerto Rico, María Elena y yo mantuvimos el contacto vía correo electrónico. En cada intercambio sentí ese calor amigo que ella regalaba sin reservas, reflejo de su naturaleza más profunda.

Un año después visité de nuevo Lima; esta vez representando a Puerto Rico, que era el país invitado en la Feria del Libro. María Elena aprovechó la ocasión para agasajarme en su hogar junto a sus amigas escritoras. Fue un gesto que me conmovió sobremanera; uno de los recibimientos más especiales, delicados y hermosos que me han hecho, por lo que siempre le quedé agradecida.

María Elena Urrunaga Montoya fue una mujer de grandes y profundos sentimientos; generosa, altruista y alegre, gentil en el trato con los demás, inteligente y elocuente en sus letras, sagaz en su charla y sobre todo infinitamente amable: una mujer *divina*.

He aquí un pequeño homenaje a esa mujer que con su gran corazón y tan acertado verbo dejó una huella imborrable en mí y en muchas otras personas.

Patricia Schaefer Röder

MARÍA ELENA URRUNAGA MONTOYA

* Lima 1939 – † Lima 2015

Poeta y narradora peruana. Cursó estudios superiores de Psicología y Filosofía en Filadelfia, Estados Unidos. Fue socia permanente de la Sociedad Internacional de Poetas en Washington, DC; socia vitalicia del International Poetry Hall of Fame, la Sociedad Americana Canadiense de Perú, integrante de la directiva de la Comisión de Escritoras del PEN Internacional del Perú y Directora de Cultura de la Sociedad Peruana de Poetas.

María Elena Urrunaga fue corresponsal de la revista Educación y Democracia de la Universidad Alas Peruanas, donde entre muchos otros, publicó el excelente artículo 'La gratitud es la memoria del corazón: Llegada de los peregrinos inmigrantes a Plymouth Rock en 1620'.

Sus poemas en inglés fueron publicados en Estados Unidos e Inglaterra, siendo considerados como Mejores Poemas en los años 1996, 1997 y 1998. En 2006 y 2007, Noble House de Inglaterra publicó en su antología *Centres of Expression*, el poema *'Let me'* ('Permíteme'), recibiendo por ello una distinción especial.

Sus poemas en castellano aparecen publicados en la antología *La Poesía nos Une: 50 poetas del Perú*, Carpe Diem Editora; Lima 2017.

Sus poemarios *Alas doradas* y *Hojas en el viento* fueron publicados por la Sociedad Peruana de Poetas, Lima en 2008 y 2009 respectivamente.

En narrativa larga, María Elena Urrunaga dejó una novela inédita que ojalá algún día encuentre el camino hacia nosotros a través de su publicación.

DIVINA

Divina eres
respiras mil facetas
toda corazón.

Iridiscente
vuela tu alma inquieta
de mariposa.

Valiente y fuerte
derribas barricadas
infranqueables.

Inmaculada
no te hace falta ser.
Eres perfecta.

Nada te acaba
la revancha es justicia
eres humana.

Apasionada
te entregas a la vida
mujer completa.

PSR 2018

Obdulia Báez Félix

Nació el 3 de septiembre de 1972 en Yabucoa, Puerto Rico. Estudió en la Universidad de Puerto Rico, en Río Piedras, Bachillerato en Bellas Artes con concentración en la enseñanza del idioma español en la escuela secundaria. Hizo una Maestría en Currículo y Enseñanza en la Universidad del Turabo, en Gurabo, Puerto Rico, donde también obtuvo una Certificación en Administración y Supervisión. Fue profesora conferenciante en la Universidad del Turabo, en Yabucoa, Puerto Rico. Publicó para COSEY el manual *Enroscando destrezas*. Actualmente estudia en el Programa doctoral de Literatura puertorriqueña y del Caribe, en el Centro de Estudios Avanzados de Puerto Rico y el Caribe. Sus escritos han sido publicados en la revista digital *Caminos Convergentes*, "*Boricua Beauty Magazine*", en la Antología de siglemas 575 *Di lo que quieres decir*, 2017 y en la Antología *En el cafetal*. Es miembro del colectivo A Puro Cuento. Acaba de publicar el libro *Y me llamaron... ¡Julita!* cuentos sobre la infancia de Julia de Burgos.

Y crecí mujer... ¡con conciencia de libertad!

¡Cuántos años han pasado desde nuestro último encuentro: río de tardes juguetonas, lavadas de espuma, travesuras infantiles, canciones inventadas, versos inspirados, amores inconclusos! ¡Cuántas aventuras habíamos vivido en la complicidad de paisajes esplendorosos! Un oleaje de recuerdos marca mi existencia. Estoy aquí, frente a ti, admirando tu ímpetu caudaloso, tu aguerrida entrega a esa naturaleza que irradia música y color. Estoy aquí, recordando nuestro amor puro, delicado, impregnado de besos y caricias de agua.

¡Cuánto he crecido! Me fui a explorar la patria por mí misma. He recorrido senderos de alegrías misteriosas y tristezas perennes. Estoy aprendiendo y viviendo, a la fuerza, un laberinto de sensaciones que dan rienda suelta a mi destino. ¡Soy una trotamundos del universo!

Acabo de regresar al lar querido. Ansiaba la paz del campo y el cálido abrazo de los míos. El recibimiento fue efusivo. Me sentí como el hijo pródigo que llega a su hogar, luego de un viaje por tierras lejanas y misteriosas. ¡Qué deleite el respirar el olor a tierra puertorriqueña! ¡Qué maravilloso despertar con el canto del gallo y el café recién cola'o de mi vieja!

Anhelaba verte. Hablar contigo. Nuevos sentimientos y pensamientos ocupan mi existencia. He vivido experiencias plenas. He sentido el dolor de un pueblo en mi piel. La opresión latinoamericana se ha tatuado en mi alma. ¡Cuántas injusticias se han desbordado en mares de lágrimas eternas!

Soy mujer. Una mujer diferente, con un corazón que palpita con valentía, que se sumerge en el infinito mar del conocimiento. Soy una mujer que sueña y vibra con el anhelo de una patria distinta; una patria liberada de convencionalismos, libre como ese viento que despeina mis ensortijados cabellos y eriza mi broncínea piel. Soy una

17

mujer que se sumerge en marullos de melancolía. En ocasiones he salido a flote, pero cuánto he sufrido para lograrlo. El fantasma del miedo me persigue. ¿No me sientes? ¿No dices nada? ¡Despierta! Estoy aquí. ¡Mírame! ¡Siénteme! ¡Te necesito!

En ese instante, un rumor se escuchó en el paradisíaco recinto. El río despertó a la vida. La naturaleza sintió cómo emergió la poderosa presencia del río. Aquel Río Grande de Loíza, que encendió las pasiones primeras de la niña que soñaba con ser una flor y deshojar sus pétalos al mundo. Entendió que Julita estaba frente a él, con nuevas inquietudes. Entendió que Julita lo necesitaba.

—¡Julita de mis amores, cuánto tiempo ha pasado desde la última vez que me contemplaste con tus ojos de niña!

—Río de aventuras infantiles, de acercamientos juveniles, ¡cuánto he extrañado bañarme en tus aguas! ¡Cuánto he anhelado sentarme en tus riberas, cerrar los ojos, alzar las manos al cielo y dibujar en él mis primeros versos de amor! ¡Cuánto he extrañado sentirme en ti! ¡Cuánto he extrañado verte desbordar tu fuerza en azul, rojo, blanco, negro!

—Julita, te siento distinta. ¿Qué ha pasado con aquella niña cuyos sentidos se posaban sobre el espectáculo natural que engalana mis aguas?

—He crecido por dentro.

—¿Crecer por dentro? No entiendo, Julita.

—He experimentado la vida. ¡Oh, vida, has sido difícil, compleja, repleta de necesidades! Observo mi reflejo en tus linfas de cristal y me obsede la tristeza de un pueblo obligado a caminar hacia la esclavitud. ¡Cuánto dolor hay en mi ser! ¿Por qué hemos sucumbido ante los designios de una historia que se ha nutrido con la sangre de nuestros combatientes? ¿Por qué no despertamos a la realidad? ¿Por qué no honramos la memoria de aquellos que dieron la vida por una patria liberada?

Julita lloró. Sus ojos desbordaron el encadenamiento de todas las patrias del mundo. Sus lágrimas se confundieron con las pacíficas linfas del río. En señal de solidaridad, el río comenzó a agitar sus aguas. Estas se alzaron con amor. Una invitación se había gestado.

—Ven, Julita, déjate sentir. Calma tu tristeza en mi regazo.

Julita aceptó la invitación del río de sus ensueños. La fusión no se hizo esperar. La naturaleza desplegó exquisitos aromas y colores. Miles de emociones fluyeron... ¡Anheló, por un instante, ser la Julita traviesa y atlética que recorría los montes de su estancia primera!

El regocijo impregnó el rostro de Julia. Sí, Julia, la mujer que despertaba a la vida al sentir esos brazos de agua, poderosos y viriles que arropaban su piel. Desapareció Julita. Nació Julia, la mujer de infinitas pasiones, luchas constantes, anhelos de libertad.

Su conciencia se había transformado. Los brazos de agua se hicieron más poderosos; el llanto de Julia cobró vitalidad. Decidió entregarse toda al río que amó con inocencia, intensidad y conciencia de libertad. La naturaleza desplegó magia y esplendor. Se convirtió en testigo fiel de aquella fusión eterna.

Julia trazó pinceladas de amor. Se sintió una mujer nueva, liberada; dispuesta a luchar hasta conseguir la libertad soñada. Entonces, una imagen se dibujó en su interior.

En la cima de la montaña esmeraldina más alta de su amada tierra puertorriqueña, se vio la nueva mujer en la que se había convertido Julia. Una gran multitud se había congregado para deleitarse con su verbo. Su nombre resonaba en los ecos de la naturaleza, que rememoraba con nuevos colores y aromas una niñez de ensueño.

Julia, majestuosa e imponente, estaba ante un escenario que marcaría su lucha por la patria de sus ancestros. Iniciaba con júbilo un nuevo viaje que determinaría su existencia. Un oleaje de sentimientos se apoderó de su ser. Abrió sus brazos como si quisiera recoger el amor que su pueblo le brindaba y, ante el silencio de la multitud, exclamó con fuerza:

> ¡Río Grande de Loíza! Río grande. Llanto grande.
> El más grande de todos nuestros llantos isleños,
> si no fuera más grande el que de mí se sale
> por los ojos del alma para mi esclavo pueblo.*

*Fragmento del poema "Río Grande de Loíza", por Julia de Burgos

José Antonio Benítez

Nació en Río Piedras, Puerto Rico, en 1962. Posee un bachillerato en ingeniería de manufactura con concentración en robótica industrial entre el Recinto Universitario de Mayagüez y la Universidad Politécnica de Puerto Rico. Es Máster en creación literaria de la Universidad del Sagrado Corazón y actualmente estudia el doctorado en educación en la Universidad de Puerto Rico, recinto de Río Piedras. Ha tomado talleres de poesía, cuento, novela, ensayo, libreto, guión y memorias. Ha publicado dos libros: *Literatría furtiva en jazz*, libro de relatos en el 2015 y *Una hora de tu vida*, novela, en 2017; ambos con editorial Lamaruca. José perdió la vista en el 2003. Pasa su tiempo libre enseñando a otras personas ciegas a usar computadoras y dispositivos móviles. Vive en Bayamón, Puerto Rico con su compañera Vilma Colón.

Otro intento

I

Andrea salió de la perfumería con la tristeza de no haber hallado el anhelado perfume. Esto último empeoraba el hecho de que tampoco había conseguido el disco compacto con la canción. Llegó a la casa, tiró las llaves sobre la mesa, las que produjeron un eco que reflejaba todo el vacío de aquella enorme cámara de soledad.

Examinó la máquina que grababa los mensajes telefónicos y... nada. Desde hace unos años se había empeñado en desaparecer de la mente de amistades y de hombres que la habían amado, y ahora, se lamentaba de haber tenido éxito en ese esfuerzo.

En el cuarto principal, se detuvo a observar la cama. Estaba llena de imágenes, fotos, papeles, servilletas con residuos de comida, bollos de hilo y agujas de tejer. Esa cama no se había usado para dormir en la última semana. El sofá había sido el lugar donde Andrea tomaba siestas intermitentes, siempre con el televisor prendido. Tenía una idea de la hora que era por los programas en la televisión. En esta, muchos de los anuncios trataban sobre cómo hacer más dinero o cómo bajar de peso. Ella no necesitaba ninguna de esas cosas.

Hizo el inventario de lo que necesitaba para visitar a la mujer en el Hogar: el peluche, las galletas, la foto, la blusa, la falda y hasta tarareó la canción. Estaba lista, pero a pesar del ensayo, tanta seguridad le causaba miedo. Se desnudó para darse un baño. En el espejo vio la razón por la cual, según ella, el muchacho de la tienda de discos se mostró dulce y parlanchín con las otras clientas, pero fue tan serio y profesional con ella. También vio la razón por la cual la chica de la perfumería le habló de un descuento en la clínica de una esteticista con la compra de cierto perfume. Los huesos de la cadera tan pronunciados como el costillar; aquel pecho, que antes era motivo de admiración de hombres y mujeres, y ahora era adolescente en tamaño y viejo en textura, explicaban la reducción en las llamadas. El rostro... *qué más da*, se decía, cuadraba perfectamente con aquel cuerpo. Aun así, aquellos ojos sin brillo y cansados, no deberían estar incrustados en el rostro de nadie.

Se vistió pensando en el número de veces que había sustituido esa combinación de blusa y falda... siempre con los mismos colores. Debía conseguir otras de tallas más pequeñas. Buscó el perfume en una de las gavetas. Allí vio, además del perfume, el pote con las pastillas que representaban el otro plan: *si no quedo en la memoria de alguien, no quedaré a la vista de nadie.*

Se aplicó lo que quedaba del perfume. Volvió a examinar el contenido del bolso y salió.

II

Llegó al Hogar. Después del protocolo de firmas para visitas, entró al área que era como una enorme marquesina, con vista a un jardín. El jardín estaba dividido por unos caminos en línea recta hasta llegar al área de los árboles. Una fuente adornaba una rotonda entre el área de visitas y el jardín. La fuente tenía a un cupido desnudo con un cántaro sobre el hombro y las aves visitantes regalaban la belleza de sus colores a cambio de la posada para saciar la sed. Si el ornato y la estética del jardín tenían la intención de prolongar de alguna forma la vida de aquellos envejecidos, entonces, vivirían por siempre.

La mayoría de las mesas estaban ocupadas por residentes y familiares; en la cuarta mesa, la mujer que Andrea buscaba. Esta se disponía a sacar las agujas para tejer. Andrea se sentó a su lado. La mujer le dio una mirada, sonrió y siguió con el bollo de hilo.

La mujer hizo varias preguntas: que si Andrea era de la administración del hogar de envejecidos, que si era de los cristianos que habían estado en la mañana orando por todos ellos y dejando papelitos con pasajes bíblicos.

Andrea poco a poco fue poniendo cosas en la mesa, como cuando atendía a los pacientes en el laboratorio antes de tomarles una prueba de sangre, la presión o el pulso.

Se acomodó la blusa amarilla sin mangas, del bolso sacó un osito de peluche, una caja de galletas y una foto.

Andrea colocó la foto al lado de la caja de galletas y se mantuvo callada. La mujer observó la foto por un momento. Sabía que la mujer no compararía la joven del cutis lozano de la foto con la desmejorada que tenía al frente. Andrea tampoco podía reproducir la sonrisa que exhibía la joven de la imagen.

La mujer comentó que ambas personas en la foto eran bonitas y que ella, cuando era más joven, también tenía un mechón de cabellos blancos y ahora la cabellera era un gran mechón.

La joven cerró los ojos y sacó del bolso un pañuelo y se limpió el rostro. La mujer seguía observando la foto con detenimiento.

—Mi hija a veces viene y me trae galletas —añadió la mujer.

Andrea le tomó la mano a la mujer y la miró a los ojos. Se puso de pie y trató de darle un masaje en el cuello. Le tarareó la canción. La mujer se unió a ella en la tonada. La joven le recreó todo lo sucedido el día de la foto, la cual había tomado una prima antes de que ambas salieran a trabajar. Aquel día Andrea fue amonestada, pues había cometido varios errores en el laboratorio, y para empeorar un poco más la tragedia, se peleó con el novio. Envuelta en mucha tristeza, Andrea fue donde su madre y le contó lo sucedido. La madre terminó hablándole de cómo conoció a su padre y de cómo se las arregló cuando éste las abandonó. La madre comenzó a cantar aquella canción y ambas terminaron en la cama durmiendo hasta el amanecer. Andrea, con 26 años entonces y con toda la ropa del día anterior, estuvo abrazada por su madre como en los tiempos de niña; y en los brazos de Andrea, el peluche que la madre había preservado de su única hija. El pensamiento de Andrea se interrumpió cuando la mujer comentó de lo rico que olía el perfume y que estaba segura que una de las enfermeras o alguien de la administración lo usaba.

Andrea quiso abrazarla, decirle quien era; pero en una ocasión que lo hizo, la mujer se retiró, ofendida y llorando, a la habitación. La joven no pudo más y dijo que iría al baño.

Allá, una visitante vio a Andrea frente al espejo en un incontrolable llanto. La muchacha le dijo:

—Debemos ser fuertes; nuestros viejos se nos van y lo que nos queda es recordar los momentos lindos que pasamos con ellos.

Dicho esto, la joven salió del baño. Andrea quedó con una expresión que era la primera vez que la veía en el espejo. Hasta sonrió de la ironía de todo aquello.

Regresó a la mesa. La mujer estaba comiendo de las galletas, y mostró cierta alegría al ver a Andrea. La mujer comentó de lo gracioso que estaba el peluche.

Andrea consumió el resto del tiempo de la visita repitiendo todo lo que se dijo el día de la foto. La mujer prestó mucha atención y hasta se emocionó en partes del relato. Al final, Andrea la abrazó, la besó, le dejó la foto y le dijo que la quería.

La mujer aceptó la foto y pidió que, por favor, le dejara el resto de las galletas.

III

Andrea salió casi corriendo del lugar. Ya en la casa volvió a examinar la máquina de mensajes, por si el muchacho de la tienda de discos había llamado, o más importante aún, la chica de la perfumería. Pero nada. Apuntó en un papel qué debía hacer para la próxima visita; necesitaba imprimir otra copia de la foto desde la computadora, remendaría un hueco en la pata del osito, compraría otra falda marrón, pues esa no se le sostenía en la delgada cintura. Abrió la gaveta. Le invadió el recuerdo de la joven que le dijo aquellas palabras en el baño del Hogar. En el espejo se le dibujó aquella misma mueca exhibida por segunda vez el mismo día. Sacó el pote, el del otro plan: *Si no quedo en la memoria de alguien...* En ese momento sonó el teléfono. Andrea soltó el pote de píldoras, corrió hacia el teléfono, deseando que de las únicas dos personas que en el mundo la guardan en la memoria, fuese la chica de la perfumería con buenas noticias.

Zelideth Chávez Cuentas

Nacida en Puno, Perú. Antropóloga, fundadora del Movimiento Amplio de Mujeres, del Círculo Literario Anillo de Moebius y del Gremio de Escritores del Perú. Tiene publicados 7 libros de cuentos y una novela. Está incluida en 17 antologías nacionales y 2 Internacionales: Uruguay-Brasil, 2007, Ecuador. En el año 2003 recibió el reconocimiento del Congreso de la República, el año 2012 el de la Universidad Nacional del Altiplano, Puno, el 2014 del Centro Cultural de España y del Centro de la Mujer Peruana Flora Tristán, y en 2017 del Gremio de Escritores del Perú.

La Merciquita

El torrente de sangre le está anegando la garganta, la boca, la nariz. Doblada sobre sí misma agita los pequeños brazos y alcanza a gritar "¡Mamita!", antes que su cuerpo caiga sobre la mancha rojiza que la tierra seca empieza a succionar con avidez.

Hemos llegado corriendo y nos detenemos de golpe ahogados por nuestros jadeos. La escena nos congela, nos suspende en el aire. Nadie atina a decir ni hacer algo, solo se escuchan los aullidos lastimeros del Firpo y el Churchil dando vueltas alrededor nuestro. Mi hermano y yo nos apretamos uno al lado del otro, como si no hubiera espacio en el desolado patio. Nos tapamos toda la cara con las chalinas, nunca sabríamos si era por el frío de la noche o por miedo al contagio de la muerte...

Siempre la imaginé viniendo acurrucada en una de aquellas balsas que surcan el lago con suavidad de gaviota. Sus escuálidos diez años aparentando seis: piel y huesos huérfanos. Aspecto y olor a huérfana, con esos reflejos de miedo en sus ojos y esa tos seca que nunca la abandonaba.

Muchas veces me repitió la misma historia, en su media lengua de aimara-castellano: que la habían sacado de su choza allá en medio del lago, en las islas flotantes, con la luna ocultándose frente a ella y el sol empezando a calentar sus espaldas. Que apurada se había puesto la camisita de bayeta, el faldellín, y el chumpi de colores tejido por su madre, las ojotas de llanta que no la iban a proteger cuando sus pies se hundieran en el piso fangoso de la isla que quedaba atrás, con su veintena de casas de totora, avenidas de totora, sus sembríos sobre las balsas de totora. Que mirando la balsita que abandonaba, se preguntó si adonde marchaba tendría una así, para ella sola, sobre la cual había disfrutado tanto esa sensación de caída a un lado, al otro, a un lado, al otro, cuando iba en medio del lago para cumplir mandados.

En mis noches de insomnio la he visto ponerse de pie sobre aquella misma balsa donde vino, ponerse de pie, en el instante en que una brisa ligera disipaba sus temores al constatar que ya estaban llegando al puerto, aunque era muy tierna para darse cuenta que también asomaba muy cerca a su destino. En esos momentos tal vez no percibía el centelleo plateado que tiritaba sobre las aguas verdeazuladas, ni la quietud de esa mañana colmada de sol, de ese sol que iba abriendo brecha en medio del horizonte azul cerrado del lago cielo, porque el brillo de sus ojos al hablar solo transmitía la inquietud de esas horas, ante el descubrimiento de la multitud de casas ajenas que iban distinguiéndose cada vez más cerca.

Ella no sabía entonces que estaba llegando a la ciudad de Puno. También recordaba al hombre grande que la trajo, su tío, quien no le tomó la mano para apearla, ni le dio ninguna recomendación, le hizo apenas una seña con la cabeza y se adelantó. Ella, frunció la boquita trompuda, se agachó y lo siguió callada. Todavía un gesto de incredulidad le crispaba la cara al recordar la sensación que sintió al pisar esa tierra dura, seca, firme, que contrastaba tanto con el suelo siempre tambaleante y húmedo de su isla.

Cuando dejaron el muelle e ingresaron a la población, las pisadas del tío sobre las losetas arabescas retumbaron dentro de ella; "aquicito me hacía pum, pumpum, Ñiita". Le costaba seguir el ritmo del hombre grande, se agitaba hasta la asfixia, más allá de lo normal. Recordaba que así recorrieron plazas, calles, ventanas, escaparates, tiendas, kioscos, todo lleno de gente rara, de caras extrañas. Esta población de techos a media agua y portones grandes de madera, con sus manitas de fierro colgados, listas para llamar, calles estrechas y empedradas, eran una inmensidad para sus diez años. Tan ensimismada se había quedado que olvidó el cosquilleo en su estómago y aquel sudor por la espalda que estuvieron ahí desde la madrugada.

Pronto salieron a las afueras donde se perdían veredas, empedrado, escaparates, luz eléctrica, hasta llegar a lo que vislumbró como una casa amurallada, enorme, al parecer deshabitada. Había que cruzar un cebadal antes de llegar a la reja de fierro. Se pararon al pie de la mole y mientras el tío buscaba una piedra para tocar, nuestros perros ladrando con desesperación nos alertaron sobre su presencia. Momentos después salíamos: mi madre, mi hermano y yo. Mi madre se le antojó como una señora enorme, anciana, aunque era de mediana edad y baja, blanca, de piel casi transparente, cabello castaño recogido. La impresionaron mucho los aretes y el diente de oro, el abrigo de casimir y los tacones: "Cuando la Señora Grande me miró, yo quería escaparme Ñiita, esconderme". Después se fijó en nosotros: "Tu hermano, flaquito, flaquito, igualito a los ispis que saco del lago, y tú parecías su ángel de la Virgen, colorada, gordita, con tu cabello color totora seca". Los tres teníamos la misma edad.

El tío escupió a un lado la coca que estaba *picchando*, sacó las manos debajo del poncho y quitándose el sombrero se acercó a mi madre, la saludó reverente, nombrándola de patrona y señora grande, e iniciaron el trato. La Merciquita trataba de seguir el diálogo, pero se notaba que se perdía en el intento, porque quería seguir observándonos o porque los mayores estaban hablando en un idioma que ella no había escuchado nunca. Aunque no era necesario que entendiera, sabía que estaban hablando de ella. Cómo no sentir aquellas miradas a veces francas, a veces disimuladas.

Los grandes siguieron conversando con la reja cerrada. Cuando pareció que habían llegado a un acuerdo, mi madre sacó unos billetes del bolsillo y se los alcanzó lentamente, como dudando. El tío, en cuanto tuvo el dinero, lo escondió rápido debajo del poncho (es lo que me pareció). Luego, percatándose recién de la presencia de la Merciquita, le dijo en aimara: "Te vas a quedar, aquí vas a tener comida todos los días, tienes que hacer caso a esta señora, ella va a ser buena contigo", y la empujó al interior. Nosotros nos hicimos a un lado, como dándole paso o tal vez para evitar que nos roce. Ambos estábamos tras las faldas de mi madre mientras la cholita avanzaba muda, mirando siempre al suelo, demasiado asustada para llorar. Con los ojos achinados, febriles, y esa mirada de asombro que nunca la abandonó, recorrió los patios en la casa solariega, de niveles superpuestos, de habitaciones sin disposición alguna, el jardín, la huerta, el canchón. Desde ese instante, estoy segura que en complicidad con los altos muros de la casa, un silencio extraño la rodeaba cuando los demás hablaban: no entendía; no le era posible conversar con los demás.

Mi madre la llevó a uno de esos cuartos enormes, tristes que teníamos abandonados, llenos de cosas en desuso. Le ordenó con señas que desocupara un espacio, mientras ella jalaba mantas, frazadas viejas que acomodaba en un rincón. Sacudiendo las manos empolvadas y con un gesto de asco nos dijo: "Hay que darle un buen baño, raparla, quemar su ropa. Está copadita de piojos". Aunque Merciquita no entendió las palabras, fue el tono amenazador lo que la hizo sentir muchos temores, no en la cabeza, sino en el corazón.

Cuando terminó de vestirse con la ropa ajena que mi madre había descosido y cosido apresurada para ella, sin permitir que se moviera de su lado o por lo menos abrigara su desnudez, nos señaló y le dijo gesticulando e invitándola a repetir: "Niñito", "Niñita". Después le señaló su rincón en el comedor, los sitios a los que no debía entrar, las cosas que le estaba prohibido tocar.

Al día siguiente se levantó temprano, como era su costumbre, y aprovechando que aún nadie estaba afuera, corrió al mirador del jardín. Se empinó ansiosa buscando el lago del que apenas le llegaba el aroma. Se esforzó más, segura de distinguir su isla flotante, pero el sol, como una enorme bola de fuego le dio en pleno rostro, obligándola a cerrar los ojos. Entonces escuchó que la llamaban. Corrió hacia la voz, salpicando chispitas doradas por el camino sin poder desprenderse de ellas todo el día. Así, con el corazón en la boca, llegó hasta donde "la Señora Grande" —como había empezado a llamar a mi madre— y la siguió por toda la casa, tratando de entender por el tono de voz, por el movimiento de las manos, por los gestos, las que serían sus obligaciones. Pero lo que le quedaba más claro por la forma en que agitaba el índice frente a sus narices, era la advertencia de que si algo se perdía, o algún plato de porcelana terminaba hecho añicos en el piso o se derramaba esa leche de espesa nata, que era nuestra delicia, habría castigo.

Muy pronto nosotros, el Firpo y el Churchil nos hicimos sus amigos. Mi hermano y yo, por la gracia que nos hacía esa cholita que hablaba solo aimara, caminaba jadeando y se negaba a correr; los perros, por las sobras de la mesa grande que ella les daba antes de irse a dormir.

De esas primeras noches en casa, caminando detrás de mí después de una tormenta, enumerando al paso los sapos que yo pisaba en nuestros paseos a la luz de la luna de junio, me contaba en su enredo de castellano-aimara que en la inmensidad de esa habitación rodeada de viejos cachivaches, soñolienta, los transformaba en sapos gigantescos, en peligrosos *laik'as* que con sus brujerías podían dejarla tullida; en *pichitancas* de mal agüero, como el que cantó en el techo el día de su nacimiento. Pero lo que más la sorprendía era comprobar que a esos *kukuchis* ya no les temía tanto; al fin, eran sus fantasmas conocidos. En cambio, los que aparecían en medio de la niebla azulina del cuarto, esos eran nuevos, extraños, borrosos; ignoraba cómo protegerse de ellos.

Como una de tantas, la noche de la desgracia, a la hora de costumbre había concluido la comida. Toda la familia reunida formaba una curiosa estampa: mesa larga, mantel de cuadros blanco-azules, cubiertos de alpaca, platos vacíos, tazas sucias y seis pares de ojos pendientes de las manos anchas del abuelo, quien repetía las mismas historias de misterio para asombrarnos cada noche. Nos estaba hablando de aparecidos y desaparecidos, de la muerte siempre vestida de mujer, de tapados y sus maneras fantasmales de anunciarse. Nadie percibió los pasos cansados de la Merciquita saliendo de su rincón para llevar comida a los perros.

De pronto, en medio de las risas, nos suspendió en el aire un grito infantil ahogado, clamando ayuda. Se intensificó el frío, las llamas de las velas parpadearon, un largo estremecimiento se extendió por los tres niveles, los cuartos, el jardín, los patios, la huerta, el canchón. Un escalofrío nos zigzagueó de pies a cabeza. Todos corrimos hacia el grito...

Aún hoy, después de tantos años, la veo, la escucho con toda nitidez... Alcanzó a gritar una vez más: "¡Mamita!" antes de caer en su propio charco. El abrigo rojo descolorido, que la cubría hasta los talones, iba absorbiendo el color de la sangre. De esa sangre que salía a borbotones de su boca o de cualquier otro sitio, hasta convertirse en una sola masa granate, que se coagulaba aceleradamente con la helada de la noche invernal. Poco a poco, sin apenas darnos cuenta, la masa se estaba encogiendo, la tierra se la tragaba... Una corriente tenebrosa nos estremeció y la masa desapareció por completo.

Esa escena de muerte en la fría oscuridad del altiplano, ha quedado desde entonces bajo mis párpados y hoy he vuelto sobre mis pisadas de niña para cerciorarme, para constatar si fue verdad aquel espanto o solamente es el último vestigio de una pesadilla infantil. De esa infancia misteriosa, siempre cubierta por un manto encantado: el lago, las islas, el cielo, la huerta, el canchón, el abuelo, sus historias, la Señora Grande, mi madre. Estoy tratando de reconocer el sitio en que desapareció, en lo que todavía se mantiene en pie de la casa grande de los abuelos, pero ha sido tan retaceada para el remate que ni ellos la reconocerían.

Ya está anocheciendo. El canto irritante de un malagüero *pichitanca* me sacude de raíz. Un frío lejano, muy lejano, como el que nos estremeció esa noche vuelve a calarme los huesos. Lágrimas silenciosas bajan por los surcos de mi avejentado rostro.

Flor de cactus

El borde de la pollera se prende de los abrojos secos y de los cactus, como si quisiera arrancarla de sus captores, respondiendo a los ruegos de su mirada huérfana. Espera que alguien de la choza salga en su auxilio. El silencio de la noche quedó doblegado por las patadas de odio en la puerta, la granizada de gritos, los insultos de la ley. Hombres de uniforme habían irrumpido en la vivienda y con las fauces bufando se pararon frente a un racimo de pómulos salientes, cabellos negrísimos, ojos pequeños, indios patarrajadas. Los 15 años de Francisca Quispe quedaron paralizados de espanto cuando la luz de una linterna la descubrió agazapada detrás del fogón, tratando porfiadamente de mimetizarse entre ollas de barro y chombas de chicha. *¡Cuidado cholita, si los cachacos llegan a tu choza, a ti es a quien primerito van a cargar!*

La tenue claridad de la aurora trata de imponerse sobre la noche moribunda. En esa penumbra apenas se insinúan las siluetas de árboles, cerros y de las cuatro figuras que, envueltas en una nube de polvo, bajan en tropel. Ellos, pulverizando piedras y alimañas con sus descomunales borceguís. Ella en vilo, tocando apenas el suelo con la punta de las sandalias de jebe. Las trenzas de seda negra marchitándose, las carnes broncíneas trepidando. Quiere gritar, pero un sordo ronquido reemplaza su voz de jilguero, aquella que suelta en las mañanas cuando atraviesa la moya llevando el fiambre a su padre. Francisca cantaba los domingos y días de fiesta, cantaba cuando iba a trocar habas por sal.

Los hombres se detienen. El frío de la madrugada quiebra los huesos, se adhiere a la nariz, a las sienes, a la espalda, a las manos. Los enmudece. Todavía no ha salido el sol. *Tal vez con su presencia el corazón se les entibie*, piensa. Ellos no le miran a la cara; es una terruca más. Cómo van a percibir que está llorando, que las mejillas le queman aunque toda ella tirita y quisiera quedarse escondida en cada vericueto del camino. No se atreve a mirarlos, pero cómo la asusta la presencia de esos pantalones verdes, chompas y pasamontañas negros. Idéntico odio, la misma ferocidad, cuatro pares de manos enguantadas. *¿Cómo serán sus caras, Francisca? ¿Serán cholos, mulatos, zambos,* mistis? *¿A quién maldecir, para quién pedir castigo? ¿Con qué cara mandarías a hacer daño?*

La cholita a la que no miran se tambalea. Pareciera que ya no puede caminar, que ya no puede mantenerse en pie, que se va a caer. Pero no cae.

—¡Camina carajo, o quieres que te tumbemos aquí! —la voz del más alto tasajea el aire. Los otros también se detienen, otean el horizonte. Están desorientados, como si se hubieran perdido dentro de un mal sueño. Solo Francisca sabe que andan cerca de las chacras del *misti* Pacheco. Si él estuviera en la casa–hacienda segurito saldría a darles trago, comida. Ellos siempre son amigos de todos los milicos.

—¿A qué hora tenemos que estar en el cuartel, mi Capitán? —chilla el más bajo a través de la máscara negra.

—A las ocho. Antes de llegar, tenemos que hacerla confesar por qué lado han escapado los terrucos que estuvieron aquí la semana pasada. Ese Cipriano que buscamos es su hermano. Ella sabe, tiene que saber. Presentamos el informe y nos vamos a Lima. *¿Aló Papi? Soy yo, tu Princesa. ¿Cuando llegas Papi? Ya hemos hablado con el tipo del local, con la señora del bufete. Ya todo está listo Papi, solo falta la plata. ¿Cuándo vienes?... ¿Aló?... Aló?...*

—¿Quién tiene un cigarrillo? ¡Un cigarrillo, carajo!

—...

—¡Conchesumadres, no tienen nada, huevones!

Con los ojos ya acostumbrados a esa tenue claridad, el que habla ladrando empieza a repasarla con la mirada. Recién descubre una cara de niña crispada de pánico en un cuerpo de mujer que se desborda por todas las costuras. Y qué importancia tendría saber su nombre, si es otra más. *Yo quiero mi fiesta de quince años Papi, no te olvides Papi, me lo prometiste. Claro que sí Princesa, aunque tenga que empeñar mi alma. Haremos la fiesta en un buen local, en Chorrillos.*

—¡Ya! ¡Hay que avanzar! Antes de llegar la pasamos por las armas, ya verán cómo la hacemos cantar clarito — barbota el capitán, con una mirada en la que se mezclan lascivia y fiereza. Esas palabras, ininteligibles para Francisca, se adhieren a su piel como el anuncio de una calamidad inminente. Nunca ha sentido tanto miedo. Sus manos fuertes y redondas están atadas a la espalda. Las tiene congeladas, resecas, trata de estrujarlas, por hacer algo, cualquier cosa. Después se refugia en una esperanza: tal vez dentro de un rato pase por ahí cerca su tío Hilario con sus hijos, con rumbo a la carretera para tomar el primer camión que va al pueblo. *Reza Francisca Quispe, reza a la Virgen de las Nieves, solo ella te va a salvar de esta desgracia.*

—¡Este maldito frío, carajo, no deja hacer nada! Y ni un apestoso sucucho para meterse a hacer una fogata, ¡mierda! ¡Todo es pampa, tierra, pasto seco! —restalla la voz del que manda. Los otros apenas asienten con la cabeza. *Papito, ya faltan tres días para mi quinceañero y hasta ahora nada, Pa'. No te preocupes Princesa, ya estoy por regresar y con plata, en dos días organizamos todo. Ya vas a ver. Tu padre es militar Princesa, nunca te va a fallar.*

Continúan caminando ladera abajo. La serenidad de esas soledades no logra aquietar sus temores, calmar el temblor de sus piernas, secar el sudor frío de su frente. Cual enjambre de abejas en su cabeza zumban las voces lastimeras de grupos de mujeres apretujadas, como queriendo fundirse unas con las otras. Se quejan en los entierros, en las iglesias, en los caminos: "A mi hermana la golpearon hasta desmayarla y abusaron de ella diez guardias"... "A mi hija de 13 años la violaron los soldados diciendo que era senderista"... "Cuando a mi nieta la soltaron del Cuartel Los Cabitos estaba sin poder hablar, así se ha quedado, muda para siempre"... *Solo convirtiéndote en árbol, en piedra, en laguna podrás escapar, urpichay.*

—¡Paso ligero! ¡Vivo, vivo, carajo! Acabando con esto todavía puedo agarrar el avión que sale para Lima — muge el que no quería mirar a la cholita que llora con la voz agrietada y sin poder controlar los movimientos de su mandíbula inferior.

Todo el ámbito se ha coloreado con un anaranjado tenue. Ahora las cuatro siluetas empiezan a definirse. En la lejanía ya pueden distinguirse algunos árboles, casas y los amenazadores torreones del cuartel. Ante su vista los uniformados avanzan en tropel. Saltos, imprecaciones vivas invaden el espacio, pues también han divisado un sucucho en medio de los sembríos. Corren a campo traviesa arrastrando a la india patarrajada.

Francisca Quispe ya no respira. El fluir de su sangre se ha paralizado, el olor nauseabundo de esos hombres la asfixia, mientras ellos se enredan en sus polleras multicolores y la dureza del suelo lastima su espalda. Cierra la boca, se muerde los labios, una pulsión en el pecho la obliga a abrirlos. Cierra los ojos, los abre, quiere gritar, enmudece, aprieta los dientes, llora, tensa los músculos. Tiene el corazón aterido. Implora por su vida a la Virgen de las Nieves, suplica una y otra vez...

Antes de perder el sentido, escucha como un susurro: *Escapa Francisca, ven aquí arriba, déjales tu cuerpo, qué importa. Ven a mis brazos urpichallay, ven...*

María Antonieta Elvira-Valdés

Profesora e investigadora venezolana, actualmente radicada en España. Es par académico evaluador de varias revistas científicas. Autora de varios ensayos y artículos en revistas arbitradas, acerca de temas relacionados con los adolescentes, la educación y la vida en prisión. Su libro *La musicoterapia: Una estrategia pedagógica* fue publicado en 2007 por Ediciones El Centauro, Venezuela, y *Rendimiento académico universitario: El aporte de factores familiares y psicológicos* se publicó en 2018 por la Editorial Académica Española. Poeta y narradora, sus escritos literarios han sido publicados en diversos foros internacionales como *Di lo que quieres decir*, antología de siglemas 575 (Ediciones Scriba NYC 2016, 2017).

Clarinete con "C" de Corina

—¡Paren, paren! —gritó Jaime, director de la orquesta, para hacerse oír a través de los ruidos—. ¡Si Mozart resucita y las escucha, estoy seguro que se vuelve a morir! —dijo medio enfadado. Ensayaban el *Concierto en la mayor para clarinete y orquesta*, que Mozart compuso pocas semanas antes de morir. Seguramente las tonalidades de pena y resignación de esta obra reflejaban lo afligidos que se encontraban su cuerpo y su alma durante aquellos días previos a su fallecimiento—. Nos falta afinación, tenemos que estar todos más concentrados. A ver, esos violines, afinemos de nuevo.

Son las 10 de la mañana y desde temprano está lloviendo en la ventana. Lágrimas del cielo salpicaban la montaña de "aquel lugar". En la sala de ensayos, de alguna manera, el clima se parece mucho al de afuera. Allí, presente y ajena a casi todo está Corina, la solista del concierto. Su interpretación siempre estaba a la altura: impecable, sublime. Sus diez años en la orquesta le merecían ejecutar el solo en aquel concierto. En este instante, su esencia más humana está fundida y detenida en su instrumento: negro, excelso, suave, esbelto, próximo. ¿Acaso existiría alguna noción para todo aquello que sentía? En ocasiones se preguntaba qué sería de ella sin su clarinete.

Corina tiene 28 años, aunque aparenta menos edad. Es menudita y con la piel muy blanca, haciendo contraste con su negra, larga y brillante cabellera. Unos inmensos anteojos le cubren medio rostro y le ayudan a ocultar su mirada siempre esquiva, siempre cautelosa. Corina es hermosa, por dentro y por fuera; pero esa realidad ni ella misma la da por cierta. Alguien alguna vez le dijo que la amaba, pero en realidad la engañó perversamente. "Divina Corina", le decía Carlos tiempo atrás... un tiempo para Corina ahora lejano, olvidado y enterrado en la memoria más inaccesible.

Son las diez de la mañana y la conciencia de Corina se ha ido de paseo. El presente comenzó a desdibujarse, así como la montaña en la ventana lluviosa. Sin freno ni prudencia, Corina se estaba dejando caer en las profundidades del recuerdo más intenso y vertical de su vida: el día en que llegó a "aquel lugar". Fue un viernes de pasión y muerte que llevaba grabado en el alma sin remedio. Aquella mañana, que había comenzado como cualquier otra, de pronto se convirtió en una espantosa pesadilla. Estaba sola en su casa, cuando los malvados la fueron a buscar. Carlos no estaba, había salido temprano. "Ya vengo, mi amor", fue lo último y lo único que le dijo antes de irse, huyendo como los cobardes, aunque Corina en ese momento no sabía que lo era. Los malvados entraron por la fuerza, arrasando con todas sus pertenencias y sus seguridades. Se la llevaron sin dejar que tomara sus cosas y sin permitirle despedirse del que fuera su nido y su hogar.

Los malvados la obligaron a realizar un tortuoso recorrido, atestado de gritos, preguntas y golpes: "¿Dónde está Carlos? ¿Adónde fue? ¿Dónde está escondido?". Corina no sabía, no entendía nada. "¡Tú vives con él, tú tienes que saber!". Así es, vivía con él, compartían techo y cama, pero ignoraba su paradero ese día. "Tú estabas ese domingo en la plaza con él, mucha gente te describió. ¿O ahora te vas a hacer la loca?". Sí, había estado con Carlos paseando por la plaza; no se estaba haciendo la loca. "¿Y tú no viste a la muchacha que andaban cazando? ¿A la que secuestraron esa tarde? Su hermana te reconoció". Corina no sabía de quién le hablaban, no recordaba a ninguna muchacha ni a ninguna hermana suya, no sabía nada de ninguna cacería; solo recordaba el helado que se había comido y lo bien que se había sentido estando con Carlos. "¡Pues esa muchacha fue asesinada, para que lo sepas! ¡Fueron Carlos y su banda, y tú eres su cómplice!" "¿Cómplice yo? ¿Carlos secuestrador y asesino?". ¿El mismo Carlos que le decía que la amaba?

Después de mil horas infinitas llegaron a "aquel lugar", donde los malvados la desnudaron y le robaron lo poco que le quedaba: su ropa, su dignidad, sus prejuicios y su cordura. Era tarde, la hora de la penumbra: cuando ya no es de día, pero aún no es de noche. Corina estaba cansada, tenía hambre y sed, y mucho miedo. A los malvados no les importó que estuviese embarazada. En su abultado vientre, la criaturita que esperaba necesitaba alimento, paz y tranquilidad... justamente lo que Corina no podía darle. Se desconoce en realidad cuál de los golpes recibidos fue el que adelantó el parto: si fueron los que recibió en su cuerpo o los que sufrió en sus certezas, ahora todas muertas. Su confianza se convirtió ese día en un cementerio de promesas. Las fotos y las pruebas estaban todas allí... ¿Cómo había podido estar tan ciega?

A pesar de todo, su hijo Ángel nació sano. Estaba completo, como cuando no te falta ninguna de tus partes. Corina se había esmerado desde el instante en que supo que estaba embarazada: se cuidó, se alimentó bien, le hablaba tiernamente, sabiendo que su hijo la escuchaba por dentro y a través del vientre. Pero apenas nacido, a Ángel comenzó a faltarle la madre... los malvados se lo arrancaron y se lo llevaron. Corina solo tuvo oportunidad de contemplarlo por un instante; un segundo de tiempo, una eternidad en sus pupilas. Para sus adentros, Corina quería creer que en ese momento de contemplación, su pequeño hijo se había quedado a vivir para siempre en su mirada.

"Aquel lugar" no era bueno para los niños, le dijeron los malvados. Más tarde, Corina descubriría que "aquel lugar" no era bueno para nadie.

—A ver, muchachas, esas notas se están yendo hacia abajo. Debemos mantener la afinación. Yo sé que está lloviendo, pero no me escurran las notas con esa lluvia —seguía diciendo Jaime, el director de la orquesta—. Recuerden que quien da la pauta es el clarinete; no podemos desentonar con él. Ustedes saben que Corina es la más afinada de todas, vamos a seguirla. Todos pendientes con las escalas descendentes —siguió indicando Jaime. A pesar del rasgo otoñal de la obra, Mozart no era el culpable de esa discontinuidad en la sonoridad de la orquesta; todo lo contrario. Según los expertos, ese Concierto para clarinete era quizás la última obra de grandes proporciones que Mozart terminó: una obra maestra—. A ver ustedes, los bajos, más cuidado con esas entradas.

Jaime hablaba, mientras Corina seguía sumergida en sus pensamientos... Pensar en voz baja era de las únicas cosas que estaban autorizadas en "aquel lugar"; Corina sabía que resultaba peligroso si los malvados llegasen a escuchar lo que pensaba. Bueno, y también estaba permitida la música, claro. Ese lenguaje de las notas era lo único que ella se daba permiso de escuchar, pues la animaban y le daban algo de vida a su corazón adolorido. Corina muchas veces se preguntaba qué habría sido de ella si no hubiese conocido el que sería su compañero de infortunio, siempre presente y siempre fiel: su clarinete. El día que comenzó a ensayar con la orquesta, ese mismo día, Corina se permitió un espacio donde solo cabían ella, Ángel, su clarinete, la música y sus pensamientos callados; un poquito más allá, construyó un muro grueso y compacto, dejando afuera su realidad.

"Aquel lugar" lo envolvía todo y a todos, como una espesa telaraña en la que cualquiera quedaba enredado y perdido; también los malvados. Allí no había sitio para la intimidad, y el único lugar posible para el silencio, estaba en el interior de cada quien. El exterior estaba inundado de ruido, gente, enojos, golpes, locura. "Aquel lugar" no era para Corina, que se sabía inocente, ajena, diferente. Una decisión, un papel y 20 pasos de camino hasta la puerta... todo eso era necesario para salir de "aquel lugar", y todo aquello era muy difícil de conseguir. A veces, también, hacía falta mucho dinero. Sin embargo, Corina comprendía que también se podía escapar de "aquel lugar" de otra manera, como lo había hecho Rita el mes pasado, cuando se colgó de la ventana.

Jaime seguía con sus indicaciones. Mientras tanto, ese día Ángel, el hijo de Corina, estaba cumpliendo 10 años. En su mente, Corina concibió una hermosa fiesta, con globos y muchos amiguitos, una inmensa torta de chocolate con sus 10 velitas, toda la familia reunida y la sonrisa infinita en la carita de su hijo. *¡Cumpleaños feliz, te deseamos a ti!*, cantaba Corina en silencio, con todas sus fuerzas. También se cumplían diez años que Corina no supo más de Carlos; aún sigue huyendo y los malvados lo siguen buscando. Solo dos cosas conserva Corina de él: una marca de la puñalada que le dejó en el alma, y la mitad de los genes de su amado retoño: Ángel, su adorado hijo... Apenas un instante para impulsar su corazón de madre; un corazón que palpitaba al ritmo de las distancias y las ausencias.

—*¡Da capo!* —gritó Jaime, el director de la orquesta penitenciaria. Corina salió de repente de sus cavilaciones y dejó de examinar sus recuerdos. Afuera y adentro de la sala de ensayos, seguía lloviendo—. Comenzamos de nuevo, desde arriba, ¡todos atentos por favor! —dijo con fuerza.

Corina tomó su clarinete y se preparó una vez más a ejecutar la mejor interpretación de sí misma, en "aquel lugar" que es la cárcel, donde hoy está cumpliendo sus primeros 10 años de prisión.

Cecilia Granadino

Nacida en Perú, es narradora, actriz, compositora, investigadora e indesmayable promotora cultural. Ha recorrido el país llevando sus talleres de creatividad para maestros, niños y padres de familia. También ha incursionado en diferentes campos del arte, desarrollando festivales de arte total para niños, programas radiales, teatro, títeres, documentales, videos, discos y libros. Entre sus principales obras están las series *Sapito Cancionero*, canciones infantiles y *Cuentos Infantiles WASAPAY*, las recopilaciones de mitos y leyendas *Cuentos de nuestros abuelos quechuas*, *101 Cuentos de nuestros abuelos africanos*, *La ranas embajadoras de la lluvia* (coautoría con Cronwell Jara). Los cuentos "Con harta vergüenza", Un paraíso aquí", "Un hombre sentado en la banca de mis ilusiones", entre otros. Y el libro *Aproximaciones hacia un mapa de artesanías del Perú*. Por su trayectoria y aportes, entre otros reconocimientos, en el año 2016 el Ministerio de Cultura del Perú la designó como Personalidad Meritoria de la Cultura.

Ildaura

A la hora del Ángelus

Después de muchos años, en mi pueblo han restaurado el toque de campanas anunciando el Ángelus, pero para la tía Ildaura ya no hay remedio, no importa que repiquen de nuevo cada día.

Al oírlas, lloro por ella despacito, no deseo que lo noten. Son las seis de la tarde y el tañido melancólico estremece mi corazón al recordar la pérgola cubierta de buganvillas, las enormes huertas, el sinfín de embriagadores perfumes que de ellas emanaba sumergiendo al pueblo en estado de ebriedad, exaltando los sentidos. ¿Cómo culpar a la tía Ildaura de pecado, entonces? ¿No es peor haber arrasado con los árboles, sembrar cemento donde antes habitó un paraíso? ¿Dónde habrán migrado los chiwacos, hasta las hormigas, como estrategia de sobrevivencia? Que alguien me explique, por favor, qué es el pecado.

Desde mi recuerdo más lejano la veo llevando ese único traje marrón de cuello tortuga que ella misma cosía arreglándoselas para cubrirse entera, hasta los tobillos. Nunca le vi otra prenda que no fuera ese hábito hecho a mano. Ni siquiera algún día observamos si lo mudó para lavarlo. Era parte de su cuerpo, cada costura una herida, cada puntada seguramente un lamento. Así intuía, así pensaba, hasta que supe la historia.

—Oye, Pascual —llamó el hacendado—, necesito que me ayudes. La niña Ildaura ya es casi una señorita y todavía no sabe montar a caballo como lo hacen las damas. Quiero que le enseñes.

—¿Ahora, Patrón?

—Ahora, que para luego es tarde.

—Ya mismo no puedo Patroncito. Estamos en plena cosecha de naranjas. Usted sabe.

—No me interesa. Si te llamo a ti es porque sé que lo vas a solucionar. Y anda partiendo, que ya está la chica esperando en el potrero.

Así fue que Ildaura conoció a Quinto, hijo de Pascual con la negra Yolanda. Esa negra era preciosa. De esta diabla sacó el muchacho los ojos y su lisura y su gana de mirar de frente a los patrones, sin agacharles la cara.

Ildaura aprendió lentamente a cabalgar, con desgano. Como decía su madre, era una niña todavía, ya despertaría al gusto por la vida y los paseos con los señoritos, como cualquier joven normal.

—Niña Ildaura, ¿quiere pasear por Los Naturales? Yo le guío el caballo. No se preocupe, no la dejaré sola.

Y paso a paso, se alejaban de la huerta paterna hasta cruzar el puente y perderse por las plantaciones de los otros propietarios. Quinto iba adelante halando las riendas. El sombrero alón de paja cubría su nuca robusta, pero Ildaura la adivinaba como si la estuviera viendo. Quinto era musculoso y ancho de hombros. La pelusa de los duraznos asomaba sobre su labio y las mejillas. Su espalda descubierta mostraba el lustre de las ciruelas, sus dientes eran de pacae y su boca... su boca reventaba como las guanábanas maduras, olorosas a verano. La misma sensación como cuando ella en el huerto se ensimismaba tendida en una hamaca y balanceaba su imaginación respirando ansiosa la fragancia de los nísperos.

Los días se sucedieron uno a uno y como los ríos, la vida fue discurriendo. Los frutos maduraron a su tiempo y como todo en la naturaleza, también reventó en mieles el dorado fruto del corazón de Ildaura.

—¿Quiere caminar un poco, Niña? —se soltó esa tarde la voz en chubasco refrescante, recorriéndola desde el cabello por entre los senos y bajando hasta su vientre.

Todo su ser quedó atrapado por tempestades enloquecidas. Su pensamiento, sus ansias, su risa fueron arrastrados como papelillos de colores que, multiplicándose en miles de espejos, estallaban en flotantes jardines de flores desconocidas y bellas. En milésimas de segundos fue despojada de su alma, de su razón.

Cada vez que él la abrazaba, ella crepitaba y se convertía en cenizas. Se amaban como las palomas bebiéndose el tiempo. Ildaura deseaba tener un niño que tuviese el cabello rizado. Él la devoraba, la volvía un punto luminoso desde el que ambos transformaban el mundo. Pero, cómo decirle a la familia que amaba al mulato Quinto, que respiraba fuego, que el tiempo y el espacio se habían diluido desde que una mano de él aferró la suya.

Eran casi las seis de la tarde, hora del Ángelus. Debía esperarlo en la puerta pequeña, en la parte trasera del huerto. No era tan largo el recorrido. El atado con sus ropas le estorbaba. Al cruzar bajo los limoneros, se prendió de las ramas bajas y las espinas parecían querer detenerla. Logró arrancarse y avanzó. Los árboles de pecanas semejaban guardianes enormes. Se asustó, pero el fuerte olor de las guayabas y nísperos despertó en ella el deseo por estar entre los brazos de Quinto. Ella había saboreado cada una de esas frutas bebiéndolas de la boca de ese mulato que la turbaba hasta perder el sentido. "Boca de guanábana, dientes de pacae, piel de ciruela, aliento de nísperos, miel de mieles tu saliva".

Avanzó con la respiración entrecortada. Nadie la había visto, sólo faltaba cruzar la acequia. De seguro Quinto ya estaba afuera. Las cañas de la quincha que resguardaban la huerta se quejaron ante un viento que las remeció. Chirriaron y ella tembló de pánico al recordar a Nerón, el perro. ¿Cómo no pensó en él? A esta hora ya lo habrían soltado... ¿Dónde estaría el perro?

—Que no olfatee a Quinto, Diosito santo —imploró—. Si ladra, nos van a descubrir, me matarán, nos despellejarán a los dos.

Seguramente la mamita Encarna estaría preguntando por las hijas: "Es hora del Ángelus, ¿dónde están las muchachas para que recemos el Ángelus?". La tarde oscureció de un zarpazo. De pronto, un resoplido y escuchó claramente la respiración anhelante del caballo. Quinto había llegado. La esperaba. Azahares en el aire la abrumaron de perfume, mientras extraños nubarrones iniciaban la noche.

El mulato aguzó la mirada y la distinguió en el umbral, ella acababa de aparecer por la puerta entreabierta. Fue a su encuentro, aunque el potro se resistía y corcoveaba presintiendo.

Sonaron las campanas lánguidas. Las seis. El Ángelus. Ildaura se paralizó y no pudo despegar los pies del suelo. Él la llamó suave, la voz era una promesa eterna, sin nombre. La apremiaba.

—Es ahora, Ildaura. Los hombres están llenando los vagones con las jabas de fruta y las mujeres rezan el Ángelus. Nadie notará tu ausencia hasta la hora de la cena.

Y acarició dulcemente su barbilla levantando el rostro de la joven hacia él. Marejadas de líquidos hirvientes se apoderaron de su corazón y sus músculos. Como la masa del zapallo con harina, que al contacto con el aceite bulle y se esponja y se convierte en algo diferente, en el picarón, buñuelo dulce y maravilloso, así se incendió Ildaura por dentro.

—Sube, sube a la grupa, no tenemos más tiempo —volvió a insistir—. Ildaura recogió el atado, se sostuvo de la montura mientras él la sujetaba por el brazo ayudándola en el impulso.

Nerón salió de la oscuridad y se abalanzó. Ella se dejó caer, aterrada.

—Sube —gritó él, y todavía sostenía su mano.

—No puedo, no debo —dudó. Se arrepintió de escapar, se arrepintió de quedarse.

—¡Sube! —rugió el mulato.

Relinchos, ladridos y los ojos de él como dos brasas, los de ella dos manantiales.

Atronaron el aire los escopetazos.

—¡Están robando las gallinas! —gritó alguien.

—Que no me lo maten, Madre santísima. ¡Vete, por favor! —suplicó Ildaura.

En un corcovear del animal, la alcanzó la mirada de Quinto que la penetró ardiente, herida, dulce, terrible. Desde lo alto de la cabalgadura la amó y odió, y la siguió amando y odiando todavía mientras partía envuelto por la noche.

Si hubiera podido atravesar el bosque de sus lágrimas, si hubiera podido arrancarse la palabra "pecado" que palpitaba en sus sienes y flotando llegar a él, atrapar su cabalgadura y sentada tras su torso de mulato hermoso, galopar hacia los terrenos prohibidos del amor. Si pudiera... para no morir como estaba muriendo ahora que él se alejaba.

Los ojos de Ildaura se adelantaban, se alargaban sin medida; tentáculos cegados por el llanto avanzaban ciegos en la oscuridad en lenguas de fuego inútil, ahora que Quinto había partido para siempre.

Nunca se casó. La mujer de enormes ojazos moros y cuello tallo de rosa, se ocultó tras las oraciones y el humo de los altares. Desde entonces, cada día rezó el Ángelus con tal desesperación, que conmovía su fervor. Minutos antes de las seis convocaba a sobrinos, sobrinos nietos y visitas. Todo el que estuviera cerca era impelido a rezar el Ángelus. Yo así la recuerdo desde que tenía cinco años y la acompañaba a limpiar los altares y desempolvar las imágenes. El negro cabello recogido en un moño santurrón y el eterno y simple hábito oscuro envolviéndola.

Cuando enmudeció el campanario, porque el nuevo sacerdote traído de la capital consideró que ya no se anunciaría con repiques la hora del Ángelus, la tía Ildaura calló también para siempre. Ese tañido era lo único que la retenía en estos parajes. Se dejó ir ligera como una cometa en agosto. En el camino se fue desprendiendo el hábito, su cabellera se descolgó en enredaderas de madreselvas y ella, convertida en pluma de pavo real embellecida por relumbres, apresuró el vuelo estirando sus brazos como deseando alcanzar un fruto en lejana rama. Transparente, etérea, flotó hasta tocar esos otros dedos morenos que continuaban buscándola entre las nubes. Chisporroteó un segundo y se quedó por allí convertida en estrella.

Aún trato de ubicarla entre las constelaciones, cuando hay cielo despejado. Pero la luna me la esconde. Y es curioso que por siempre recuerde el Ángelus a las seis de la tarde. Me tiene atrapada esa hora que como reloj misterioso, escondido en algún lugar secreto de mi memoria me repica cada día sin olvidos: "El ángel del Señor anunció a María...", y al instante respondo: "Y concibió por obra y gracia del Espíritu Santo". Porque nunca dejó de asombrarme y conmoverme la tenacidad de la tía en sus rezos y esa suave fiereza con que acometía cada misterio del rosario y la fruición con que dejaba resbalar las cuentas entre sus dedos. Otras veces, en cambio, algo en la tía Ildaura se crispaba y el rosario era estrujado a cada "Santa María...", el sudor resbalaba por su frente y un *rictus* marcaba su sonrisa mientras sus ojos se entrecerraban en éxtasis.

Era una santa, sin duda. Todos lo sabían. Pero desde que conocí su historia —me la contó hace poco la negra Carmela, ahora anciana, prima de Quinto y su confidente—, yo sé algo que nadie más sabe.

Que la tía Ildaura nunca dejó de amar a Quinto. Que cada día acudió puntual a la cita y lo esperó a las seis de la tarde. Que su traje marrón era la piel del mulato abrazándola por siempre. Que cada cuenta del rosario que ella tocaba estremecida, era la lengua jugosa del moreno, sus manos tibias, sus muslos, su nuca, su hombría.

Todos hicimos el amor junto con Ildaura, sin saberlo. Todos saboreamos su pasión, sin saberlo. Todos gloriosamente pecamos con ella a la hora del Ángelus.

Oración

¡Dios te salve, María!, bendecida con un niño concebido en el amor y el placer. Tú que ante la amenaza de la lapidación tuviste tanto miedo, pobrecita, que cuando te aclamaron ¡Virgen! aceptaste su verdad. Descubre tu secreto. No nos arrojen piedras en nombre de tu pureza, porque tú no concebiste virgen, lo sabes. Son testigos el placer en tus entrañas, el calor de tu cuerpo acariciado y los besos recibidos.

Nadie nos apedree si tenemos iniciativas al hacer el amor; no pregunten suspicaces y castradores: "¿quién te lo enseñó?" y escalen y desciendan de nuestro monte calvario cada día, sin abrazos, sin voz.

¿Cuántas mujeres mueren desconociendo el amor, un orgasmo? ¿Cuántas las cuasi violaciones consentidas dentro del hogar? ¿Cuántas pequeñas Marías de apenas doce años, entregadas por dinero a un infeliz violador? Lee las estadísticas. Ten piedad.

Deja tus altares, únete a nosotras. Basta de silencio. Amén.

El ángel

—¿Y a qué se debe tu visita? —le dijo el monaguillo al ángel que acababa de aparecer.

Se habría colado por la ventana que daba al sagrario, porque las puertas de la capilla ya estaban cerradas. En la penumbra de la nave lateral, el ángel relumbraba.

—Me has asustado. Siempre te apareces sin más ni más y ni ruido haces —le espetó Simón, el tonto del pueblo, el eterno ayudante en la parroquia: baldeaba, sacudía, cocinaba, prendía los incensarios. Hacía todo tipo de oficios, los paganos y los místicos—. ¿A qué has venido? —volvió a preguntar.

—No tenía a dónde ir —respondió el ángel con toda tranquilidad—. Me echaron. ¿A dónde más iba a ir?

—Pues aquí no te puedes quedar.

—¿Y por qué no?

—Porque el padrecito Daniel se molestaría. No hay sitio. Ya vete de una vez —insistió Simón—. Todos los altares están ocupados.

Se apresuró, incómodo, tratando de levantar la basura con el recogedor, para acabar de una vez su tarea. No pudo lograrlo porque el ángel se le interpuso y le arrebató la escoba.

—Tengo que quedarme aquí. Otras veces me han recibido. ¿No te da pena? Afuera está helando.

Simón levantó sus ojos tristes.

—Es que el padre dice que ya tenemos suficientes ángeles y que no puede alimentarlos a todos. Tienes que irte, me va a despedir.

El ángel recogió los pliegues de su túnica y se sentó en un rincón.

—Aquí no me va a ver, no haré ruido —imploró. Y como demostrando que era posible mimetizarse con las sombras, se hizo un ovillo y sus negros cabellos escondieron la luz de su rostro.

Simón levantó los hombros y empezó a desempolvar los reclinatorios y a pasar un trapo húmedo por las bancas. Las ordenaba con gran precisión, armando las hileras, una tras otra, como piezas de un ajedrez enorme. De rato en rato observaba al ángel, que parecía haberse adormilado en el silencio de la capilla.

—Tienes que marcharte, más tarde será peor, busca otro sitio —le dijo, tocándole los pies con su ojota, su sandalia de indio.

El ángel apenas si pudo incorporarse.

—¿Tienes alguna enfermedad? —preguntó Simón, y el alma se le llenó de piedad cuando el ángel, tomándole la mano, la colocó en su frente.

—Creo que tengo fiebre —dijo.

Simón no podía esperar tanto, sentir su piel ardiendo. Nunca había tocado al ángel. Ya hacía tiempo que lo visitaba, pero de algunas conversaciones y un matecito no habían pasado. Se removió inquieto. Finalmente, dijo:

—¿Y si te llevo a mi casa?

—¡No! —respondió en el acto el ángel—. Tu madre podría verme. Sería peor.

—No creo. Te esconderé en mi cuarto hasta que te cures —se iba entusiasmando con la idea Simón.

El ángel tenía dudas.

—En algún momento tu madre entrará a hacer la limpieza y se molestará con mi presencia.

Simón se había decidido, viendo la debilidad del pobre ángel enfermo.

—No importa. Te llevaré igual.

Y con temor, vergüenza o tal vez veneración, se acercó y levantó el cuerpo. Era tan pequeño. Antes no lo había notado. Un intenso perfume a claveles lo invadió. El ángel no se opuso, le dolían las articulaciones y el alma, necesitaba como nunca unos brazos, un calor, un cariño.

Simón avanzaba contento por la callejuela empedrada.

—Nunca hemos tenido un ángel en casa, creo que hasta le puede gustar a Mamá.

Cruzaron la placita dejando un rastro de flores. La joven prostituta se apretó a Simón.

Margarita Iguina Bravo

Nació en Miramar, suburbio del municipio de Arecibo, Puerto Rico. Tiene un Bachillerato en Ciencias con concentración en Química de la Universidad de Puerto Rico. En el año 2007 obtuvo la Maestría en Creación Literaria con espacialidad en Narrativa en la Universidad del Sagrado Corazón de Puerto Rico. Ese mismo año recibió la Medalla Pórtico de la Universidad del Sagrado Corazón por excelencia académica. Ha publicado libros de cuentos: *Hijas de Hércules*, 2008; *Anarquía, conflagración, transgresiones*, 2009; *Ecos de una quimera*, 2010; *Perfiles y sombras*, 2013; *Entre romanos y arábigos*, 2014; *ABC Diario*, 2015 y *Encuentros con el fuego*, 2016. Publicó la novela juvenil *Las aventuras de Kirilo, en busca de una estrella* en 2011 y en 2012 publicó una cuentela (híbrido entre cuento y novela) titulada *Portal de los Vientos, control de acceso.*

Nueva versión del tango

Existen señales oscuras
y miedos innombrables
por donde transitan los humanos.

Otra vuelta de tuerca
Henry James

Prepara la maleta del viaje de novios sin mucho entusiasmo. Falta muy poco para la celebración del matrimonio y todavía no ha tenido la valentía de enfrentar a Enrique. Lleva tres meses ocupada con los preparativos de la boda, inventando mil excusas para retrasar ese momento. *Dos días, tan solo faltan dos días... ¿Por qué habré esperado tanto?*

Se sienta y comienza a hojear unas fotos y pasa las páginas igual que un robot programado, mientras su mente vaga entre recuerdos de otro tiempo.

"Brigitte, ¿quién es él? Nunca lo había visto".

"Qué vas a haber visto, si nunca sales. Se llama Enrique y es un chico bien raro, pero está como quiere. Siempre que llega a una fiesta se sienta en una esquina y todo el mundo juraría que está aburridísimo. Luego viene otro jolgorio y ahí llega el hombre y se cuadra en otro rincón. Míralo, míralo como sigue la música con el pie y con los ojos cerrados".

"Parece extranjero, por el color. No sé; quizás la forma de sentarse, tan derecho.

"No creo que sea boricua, pero tiene un aire porteño que dan ganas de bailar un tango. Por eso te gustó. Viéndolo bien, parece que algo le molestara, como si tuviera hemorroides".

"Si tuviera hemorroides estaría de pie. ¿Me lo presentas?".

"Nena, nunca te había visto así por alguien".

"¿Tendrá novia?".

"Oye, estás bien acelerada".

"¿Tiene o no?".

"No lo sé. Siempre llega solo a las fiestas. Creo que estudió afuera; terminó una maestría en arquitectura, y según me contó Paculín, lo único que le falta es presentar la tesis. Lo conoce bien, estudiaron juntos en la universidad. Es medio taciturno. Mira, por ahí viene Pacu".

"Taciturno o no, me lo tienen que presentar".

Luego de que el amigo los presentara, su vida sufrió un cambio radical. Enrique viajaba mucho debido al trabajo y por la preparación de la tesis. Mientras. ella estaba por terminar el último año de derecho. A pesar de las ausencias y los estudios, la relación prosperaba. Sus gustos eran similares y al no ser iguales, no había forma de aburrirse; al contrario, se complementaban. Si a ella le gustaban las figuras de Chagall por parecer que levitaban, él prefería las de Duchamp o las de Ernst: "Parecen hechas de piezas sueltas de metal, como si fuera una máquina o un modelo para armar". Mientras ella suspiraba por el violoncelo, el piano para él era lo máximo. Sin embargo, ambos eran fanáticos del tango. Tanto a Enrique como a Yira les fascinaba la comida china, pero en la japonesa a él le gustaba el *sushi*, mientras ella prefería el *sashimi*; y así sucedía con todo.

Apenas llevaban un año de noviazgo cuando una tarde, durante las Navidades, le pidió que fuera su esposa. "Avisa a tus papás que voy con los míos para fijar la fecha". Recuerda ahora que ese día al caminar bajo el bosque de casuarinas que bordeaba el parquecito frente a la casa, no sentía que sus pies tocaran el suelo. Las ramillas secas, movidas por la brisa de diciembre, les caían sobre sus cabezas para celebrar con ellos el momento feliz.

A lo lejos, el mar rugía al batirse contra las rocas. Parecía que quisiera despedazarlas, penetrarlas con fuerza, pero a la vez con ternura, regalándole un encaje de arena y espuma. El viento, luego de llevar las gotas salitrosas, las derramaba alrededor de la pareja como lluvia de confeti, convirtiéndose en cómplice del instante. El momento era demasiado diáfano para nublarlo con una confesión. Habían transcurrido tres meses desde esa fecha memorable y ahora comenzaba a dudar.

Cuando su mamá llama a la puerta, se le cae al piso el álbum de fotografías y vuelve de nuevo a la realidad.

—Yira, ¿te asusté? Estás tan nerviosa. Solo vine a ver si necesitabas algo.

—No, Mami, gracias. Ya lo tengo todo dispuesto. En lo único que me falta por componer, tú no me puedes ayudar.

—Ah, vuelves de nuevo con la misma matraca. Yo pasé por algo parecido la noche de bodas; te lo he contado mil veces, y más siendo tu papá extranjero. Al principio se extrañó, pero luego... Hemos sido felices; tú lo sabes. Acá entre nos, él es medio fetichista... y no te rías.

—No me río, me alegro por ti, pero...

—Nada de peros. Ese problema tuyo quizás lo comparten en la Isla más personas de lo que imaginas. No sé si pasará en otras partes del mundo. A lo mejor. Lo que pasa es que aquí no se comenta, es tabú. Sé que a la bisabuela le pasó lo mismo. Antes que a ella, no conozco de ningún otro caso, ni en la familia ni en ninguna otra. Ella nació a principios del siglo pasado y me imagino que para entonces la preocupación debió ser mayor, pero hoy en día... ¿Le has contado a Brigitte?

—¿Estás loca? No sé qué hacer. ¿Y si cuando Enrique se entere...?

—Ningún "y si" que valga; déjate de hablar boberías. No seas niña, parece mentira. Lo que no entiendo es por qué has tardado tanto en contarle.

—Idiota que soy, pero ya sabes lo que pasó con Mike cuando se lo dije.

—Ni lo nombres. Ese gringuito es un estúpido. Ahora desearía estar contigo en lugar de alucinar y esperar a que un plomo lo mate en Afganistán.

—Dime entonces qué hago.

—Nada, en la noche de bodas se lo dices; de cualquier forma él lo va a notar.

—Eso me aterra. Nunca hemos llegado a... Ay, Mami, no debería estar hablando esto contigo, pero la verdad es que él nunca ha insistido. ¿Y cómo se lo digo?

—Se lo enseñas o simplemente lo dices bien natural. "No te había comentado que tengo incrustado en la parte baja de la espalda, el final de un tornillo". Y ya.

—Lo pintas tan fácil...

—Hija, si solo sobresalen unas cuantas roscas; la cabeza está por dentro y es del tamaño de una fresa. Tú puedes controlarlo para que la punta salga y gire o se quede en su sitio.

—Tienes razón, pero...

—Bueno, no se hable más. Acuérdate que el cobarde muere cien veces antes de la definitiva. Ya te reirás algún día. Tú verás...

Esos dos días que faltan, llegan, uno tras otro, para desconsuelo de Yira. Luego de finalizar la ceremonia, con Paculín y Briggitte de padrinos y la celebración de la boda con todo el protocolo y festejo, se dirigen a un hotel al sur de la Isla, lugar paradisíaco escogido para pasar la luna de miel.

Llegaron a hablar en un principio sobre lugares extranjeros idóneos donde pasar la luna de miel, pero Enrique nunca insistió en ninguno en particular; lo que ella agradeció. Al pensar en el tornillo no quería exponerse a la inspección tan estricta en los aeropuertos; no hasta antes de hablar con él. *¿Y si al pasar por el área de inspección suena la alarma, cómo lo explico?* Siempre que viajaba llevaba un certificado médico... pero aun así, tenía que conversar primero con Enrique.

Viajan a Ponce por el expreso y antes de llegar a la ciudad, frente a las letras monumentales que no dejan lugar a dudas sobre el lugar al cual se llega, detienen la marcha ante el paso de unas comparsas del carnaval.

El pueblo entero se ha tirado a la calle y en un loco frenesí se confunden con los visitantes. Los recién casados, asombrados, se bajan del auto y continúan con el desfile al son de una samba. Parecería que hubieran llegado a Río de Janeiro. Al rato siguen el viaje hacia el hotel, donde los reciben los empleados, cada cual con los rostros ocultos por antifaces. *Disfrazan su verdadero rostro, al pretender por unas horas fingir que se han convertido en otro. Eso es lo que yo llevo, una máscara.*

Enrique pide que le suban el equipaje y deciden sentarse en una mesa pequeña cerca del bar para brindar con *champagne* mientras escuchan las notas musicales que llegan desde el vestíbulo. Un pianista, vestido en rigurosa etiqueta y con el rostro oculto tras un antifaz, ejecuta con maestría las notas del tango *Por una Cabeza* con música de Carlos Gardel. Yira, en lugar de relajarse, se atemoriza mucho más. *Cabeza ni cabeza, cabeza la mía.*

Cuando por fin suben a la habitación, excitados ante los acontecimientos inesperados, Enrique la carga en brazos y la deposita en el lecho, besándola con dulzura en los labios. A pesar de su temor, se siente igual que la protagonista de un cuento de hadas, *pero el mío apenas durará un día...* Se escuchan las notas del tango *La cumparsita* ejecutado por Yo Yo Ma, que le brindan a la habitación una atmósfera sensual y cadenciosa.

—Trajiste el cedé —le dice con la voz entrecortada como si fuera a echarse a llorar y él sonríe—. ¿Me dejas cambiar a mí primero? Luego es preciso que hablemos. Es importante.

—Okey, Yira, pero no tardes. Yo también necesito hablar contigo.

Sale del baño apresurada cuando él impaciente toca a la puerta después de esperar durante quince minutos. Se introduce bajo las sábanas mientras Enrique, guiñándole un ojo, entra a prepararse.

—Creí que bailabas siguiendo el ritmo del agua. Enseguida salgo —le dice al cerrar la puerta.

Yira espera bajo las sábanas donde apenas se le ven los ojos, igual que si llevara una *burka*, pero esta, en lugar de ocultar el cuerpo del deseo, oculta una verdad que pesa como el metal. *La suerte está echada; se acabó la timba.* Ni siquiera la música del *cello* logra tranquilizarla.

Él sale del baño envuelto en un batín de raso color vino.

—Y ahora, ¿qué era eso tan importante que tenías que decirme?

Ella enmudece mientras él deja caer el batín al suelo como en cámara lenta y se vira para apagar la luz. Antes de que la oscuridad invada el recinto, Yira ve con claridad la parte baja de la espalda de su marido. *No lo puedo creer. Enrique tiene incrustada una tuerca con el orificio del tamaño de las roscas de mi tornillo*, rio para sí.

Solo se escuchan suspiros, carcajadas y sonidos metálicos debajo de las sábanas mientras las notas producidas por las cuerdas del *cello*, que en ese momento interpretan la *Suite andante* de Astor Piazzolla, aprovechan para danzar con ellos en una nueva versión del tango... Contrario a lo esperado, es Yira quien lleva el comando.

*Tango: *Por una cabeza* (1935) Carlos Gardel (música) y Alfredo Le Pera (letra).

La llamaban Mujer

Noche de luna llena, noche de abril.
Juego de un hechicero, plata y marfil.

Noche de abril, samba
Enrique Santos Discépolo

Nadie pudo revelar con certeza cómo apareció en el barrio costero; si fue que la trajo una ola envuelta en espuma o si subió con temeridad por el farallón al surgir de las aguas, como una Venus vestida de niebla y sargazo. Al entrevistar a los residentes de la villa, solo recordaban que había llegado una noche de luna llena junto a los vientos de abril.

—¿Cuál era su nombre?

—Nadie lo sabe, señor Fiscal. Todos la llamaban "Mujer".

Se le escuchaba cantar en las noches de plenilunio en un idioma desconocido, como si fuera en lenguas, acompañada algunas veces de las cuerdas de un salterio. Durante esos episodios la pesca era abundante. Tan pronto los pescadores tiraban el chinchorro, los peces, aturdidos por la música, eran presa fácil de las redes.

—Parecía cosa de magia —añaden los residentes de la villa.

El cántico continuaba hasta el amanecer. Se introducía entre las maderas mal colocadas de las casitas de la villa pesquera. En esas noches, las mujeres aprovechaban la excitación de los hombres al escuchar la melodía, aunque regresaran exhaustos luego de tantas horas en alta mar. El juego amoroso no les permitía descansar hasta que el lucero del alba aparecía cercano al horizonte.

Los hombres, en espera de la luna llena de cada mes, se reunían alrededor de las fogatas al anticipar tiempo de festejo.

—Dos días, solo dos días para que llegue y volvamos a escuchar esa eterna melodía —contaba el más anciano de la villa, que había escuchado repetir en varias ocasiones a los pescadores—. Esas noches eran más alegres que los tiempos de carnaval.

Cuando Mujer logró ahuyentar una plaga de pulgas y hormigas que invadió el poblado, al esparcir hojas de poleo por los huecos de las casas, demostró ser diestra en el uso del herbolario y se convirtió en la curandera del barrio.

—¿Celos? Nunca nuestras esposas lo sintieron. Ella tenía sus secretos y lo único que hacía era cantar y bailar sin provocar a ninguno de nosotros... ni a las mujeres, es la verdad —repiten varios de los pescadores.

—Dicen que era muy hermosa.

—Sí, señor Fiscal. Tenía el cabello largo, en tonos rojizos, como un flamboyán.

Adornado con caracoles, caía libremente hasta acariciar la cintura. El viento, al acunarlo, lo movía con una cadencia armónica; como si fuera el mismo Orfeo quien ejecutara en su lira una melodía para enamorarla.

Los crustáceos iban tras ella con su marcha particular, de lado, como si caminaran en retroceso. Al otro día transitaban hipnotizados. Parecía que al ella moverse ejecutara alguna melodía que los embrujara al punto de cambiar los hábitos desde que fueron creados. "Los niños también eran víctimas de ese sortilegio", añaden varios de los habitantes.

—Los pescadores contaron que ella trabajaba en la playa, ¿qué hacía?

—Recogía huesos, caracoles, pedazos de coral o cristales pulidos para hacer collares.

Los mostraba a los turistas colgados en los brazos abiertos, como si fuera una gaviota que enseñara orgullosa el plumaje al extender las alas. "Cómprelos. Son únicos. No hay dos iguales". Otras veces construía carillones de viento con los huesos que encontraba a su paso.

Después de vender los abalorios, se detenía a comer aquello que en los kioscos cocinaran ese día a la orilla de la playa. Más tarde caminaba mar adentro hasta que el agua la cubría. Allí quedaba sumergida por minutos hasta que, con un impulso, la cabeza surgía y nadaba hasta la costa. Sentada sobre la arena bajo una palmera, oscilaba la cabeza de Oriente a Poniente para sacudir el agua. Cuando el sol atravesaba las gotas que se desprendían del cabello, formaba pequeños arcoíris a su alrededor.

—Lucía como si fuera una ninfa salida del agua.

El faro, único testigo de naufragios y presencias, no podía dejar de observar desde el tope del farallón lo que ocurría en lontananza. En lugar de mirar al horizonte, el ojo lo dirigía hacia la tierra. Veía cuando Mujer se desnudaba para regresar a sumergirse en el mar mientras entonaba un silbido semejante al canto de sirenas.

Una noche oscura como la obsidiana, luego del baño vespertino, Mujer tropezó con una rama seca de pino y cayó sobre la arena. Su mano se encontró con un vidrio lanzado al descuido.

—¿Qué pasó entonces?

—Esa herida cambió su vida, señor Fiscal. Dicen que fue una maldición de las casuarinas por celos.

—¿Unos árboles con celos?

—Sí, desde que Mujer llegó, el viento la enamoraba y las casuarinas se sentían celosas.

—¿Qué pasó luego?

—Parecería que alguien hubiera torcido los hilos a propósito para quebrar el destino. Esta vez las hierbas se negaron a curarla. Y tuvo que recurrir al médico de guardia. Desde esa noche nadie volvió a verla más por la playa — declaran varias mujeres.

Esa noche, el Fiscal se dirigió a la casa del médico para continuar con la investigación.

—Doctor, buenas noches. Vengo a corroborar una información. Necesito que coopere con las autoridades —dijo el Fiscal al visitarlo.

—Nadie tiene más interés que yo para averiguar lo qué sucedió —declara pesaroso—. Tienen que encontrarla. Cuando una noche la tuve frente a mí para revisar la herida en la mano, comprobé que ella no era una aparición como yo había pensado: existía.

El médico habitaba una casa oculta bajo un bosque de casuarinas. Sobresalía una terraza en forma de piano de cola suspendida en la pendiente. Desde allí se veía toda la villa pesquera y al otro extremo, sobre el farallón, el antiguo faro. Luego de bajar las escaleras para salir de la terraza, un camino serpenteaba entre los peñascos bordeado por árboles de ilán-ilán hasta llegar a la playa, donde los pescadores recogían las yolas para salir a pescar.

Hacía dos meses que el doctor, tras completar los estudios de la residencia, había comenzado de inmediato a trabajar en el hospital designado para atender a los habitantes de la villa. En un atardecer observó desde la terraza a una joven, que acompañada por un salterio, giraba semidesnuda alrededor de una fogata mientras los pescadores aplaudían.

—"Tengo que verla de cerca", dije en voz alta, señor Fiscal. Y luego de vestirme, bajé por la pendiente. Al llegar a la playa, el grupo había desaparecido. Solo sobresalía entre un mar de cenizas una leve llama del fuego que se consumía segundo a segundo. Desde esa noche, mis sueños fueron invadidos por mi Galatea.

Aunque la terraza le servía de atalaya para escudriñar cada rincón de la villa, por más que intentó, no tuvo oportunidad de volver a verla.

—Un buen día, la noche me tenía reservada una sorpresa. "Solo ahora, al tocarte, me convenzo de que eres real y que mi soledad no te inventó", le dije al revisarle la mano cuando ella acudió al dispensario a curarse la herida.

Bastó una mirada para recrear sus sueños y enredarse en el placer que aquellos ojos le ofrecían. La joven no supo detener a tiempo las agujas y el tejido creció hasta quedar atrapada en la misma red.

—¿Por qué ustedes culpan al doctor? —continúa el fiscal al día siguiente con el interrogatorio entre los habitantes de la villa.

—Si no la hubiera amenazado... —contestan varias mujeres de los pescadores.

"Si me amas, tendrás que cambiar. No podrás caminar descalza, ni llevar suelto el cabello, coqueteando con el viento. Tampoco podrás cantar, ni bailar en las noches de luna, ni tocar el salterio. No quiero que vuelvas a gemir en voz alta ni a sumergirte en el mar. Solo así me tendrás", exigió el médico luego de sentir el lazo muy firme en la mano. Ella, confiada, aceptó sin recelos. "Juro que cumpliré con todo lo que hoy me pides. Solo tengo una palabra. Si no cumplo, me iré. Lo prometo".

—¿Cómo ustedes se enteraron de esa conversación?

—Aquí todo se sabe. Una mujer de la villa trabajaba medio día en la casa del médico.

Mujer respetó y cumplió el juramento. Se convirtió al igual que en el antiguo mito, en Heliotropo. Su vida giraba alrededor del médico; solo escuchaba lo que él decía, miraba hacia donde él señalara y cegada por el amor creía que era feliz.

Cuando el faro dirigía el ojo hacia el bosque de casuarinas durante las guardias del médico, observaba a Mujer caminar alrededor de la terraza.

—No era solo el faro, todos estábamos pendientes al mínimo detalle —declara uno de los pescadores—. Al llegar el plenilunio era costumbre ver a los niños asomarse desde la terraza —murmuran varias mujeres.

Durante esos días, la luz de la luna permitía distinguir la silueta de ella recostada de la baranda. Luego, al bajar y sentarse en el primer peldaño de la escalera, lucía como una estatua de piedra, quieta, sin perder de vista las fogatas de los pescadores. El intenso olor del ilán-ilán florecido enervaba los sentidos al cargar la atmósfera de incertidumbres. Parecía empequeñecerse como si fuera una llama que poco a poco se extingue por falta de oxígeno o por desgaste. De lejos no guardaba semejanza con la mujer que todos conocían en la villa: el cabello amarrado en la nuca y el cuerpo cubierto con una túnica de gasa que llegaba hasta el suelo, sentada en el piso, agarrándose las piernas como si fuera un ovillo.

—¿Qué otros cambios observaron?

—Ya no sonreía. Parecía que estuviera hechizada. En las noches de luna temblábamos cuando comenzaba la brisa a trepar por el acantilado. Luego se oía el aullar de los carillones de huesos que colgaban de los árboles, como si fueran quejidos de los muertos. Ella se quedaba quieta, en espera. Cuando el viento comenzaba a moverle la falda y a rondarle la cabeza, la veíamos taparse los oídos con las manos y correr hasta que desaparecía de nuestra vista.

En la villa, las hojas del calendario caían como las ramillas de los pinos, pero dentro de la casa del acantilado el tiempo se colgó de las lámparas, de las perchas; se ocultó en las gavetas de los armarios y la vida de Mujer se convirtió en una noche larga, larga. Sabía que cuando el médico estaba de guardia todos la acechaban, dispuestos a denunciarla si ella alteraba su conducta.

—¿Por qué ustedes tenían que espiarla?

—No podíamos negarnos. El médico nos curaba, regalaba los medicamentos y, señor Fiscal, nos amenazó con dejar la villa —confiesan arrepentidos al cuestionarlos—. Todo marchó bien hasta que un tiempo más tarde el médico recibió una visita —añaden con voz entrecortada.

Pasaron dos inviernos y las primaveras se acercaron una tras otra. La villa se silenció durante todo ese tiempo. Las noches de plenilunio se opacaron y apenas se oía el gemido del viento como un sollozo lejano. Las casuarinas eran las únicas que no resintieron el cambio.

Y llegó otro mes de abril, envuelto en las esperadas brisas que auguraban mejores corrientes marinas.

—¿Qué tiene usted que decir sobre la visita de los amigos de la capital? —pregunta el Fiscal al entrevistar al médico en su oficina durante la tarde.

—Supongo que ya mis vecinos le contaron. Varios de mis colegas, preocupados porque hacía meses no tenían noticias mías, se presentaron una mañana sin avisar. Al ver a Mujer, comprendieron —añade el médico.

"¿Es cierto que cantas y bailas como las ninfas?", le preguntó la doctora más joven.

"¿Qué le pasa, acaso no tiene lengua?"

"Es tímida y como apenas recibimos visita... Además, ya ella no canta ni baila".

"Imposible. A menos que no sea cierto lo que la gente comenta".

"Fui yo quien le exigió que no lo hiciera".

"No lo puedo creer. Eres bien egoísta. Permítenos verla, aunque solo sea por esta vez".

"Está bien, está bien, no se hable más. Mujer, vamos a complacerlos. Prepárate para que esta noche vuelvas a cantar y a bailar como lo hacías antes. No te fatigues".

"¿Está enferma?"

"No, es que dentro de siete meses por fin voy a ser padre".

La noticia sobre la participación de Mujer esa noche se regó por la villa como ola derramada sobre la arena. Todos esperaron con ansiedad a que anocheciera. Los niños correteaban por la playa aprovechando los últimos rayos de luz. El sol comenzó con su eterna calma a sumergirse en el océano hasta que la luna dijo presente. Desde la terraza del galeno se escuchaban risas y palabras distorsionadas por el aguardiente comprado en la villa.

De pronto, el silencio se impuso. Vieron a lo lejos la silueta de una mujer semidesnuda moverse por el camino hacia las fogatas de los pescadores. Solo sostenía el salterio bajo el brazo.

El viento, al sentir de nuevo el cabello suelto, aullaba la eterna melodía con la que siempre la acariciaba, pero con un leve murmullo, como si no quisiera alterar el hechizo del instante.

Las casuarinas, contrario a lo esperado, se mantuvieron silenciosas. Los cangrejos comenzaron a salir de las cuevas sin importarles la hora.

—No se sabe dónde se ocultaron los niños — comentaban entre sí cuando el fiscal continuó con la investigación entre los residentes.

—Fue una noche que nunca olvidaremos. Mujer bailó con todas las ganas reprimidas durante los dos años que vivió en lo alto del acantilado —agrega una de las mujeres.

Se movía como si una musa la dirigiera, girando con las manos en alto. Luego, al levantar los pies del piso, parecía que le hubieran brotado alas. Los espectadores quedaron sujetos al suelo ante los arpegios escuchados cuando logró arrancar las notas más tristes al salterio. Cada pena, cada congoja se materializó en acordes que se esparcieron por la costa, lo que provocó que los villanos lloraran hasta pasada la media noche. Fue la primera vez que la salida a pescar se retrasó desde que se fundó el poblado.

Se escucharon aplausos desde la terraza del médico al anticipar su llegada para felicitarla, pero Mujer cumplió con la palabra empeñada. Antes de marchar se aseguró de que esa noche la pesca fuera abundante, como había ocurrido años antes. Al igual que llegó en una noche de abril, así partió, sin dejar huellas, oculta entre la bruma.

El faro parpadeó varias veces y cerró el ojo por un instante mientras el viento, igual que un Pigmalión enamorado, esculpía sobre el farallón una silueta de mujer al murmurar un último adiós. En el fondo, el mar celebraba con una marcha triunfal al batirse contra las rocas.

—Desde ese día no volvimos a escuchar las risas de los niños —añaden las mujeres con voz entrecortada.

Todavía nadie puede explicar cómo ellos desaparecieron del barrio costero.

Erleen Marshall Luigi

Psicóloga y escritora puertorriqueña, amante de los géneros literarios conmovedores que tocan la realidad, de la pintura paisajista y semiabstracta, de la costura y otras pasiones. Posee un Doctorado en Filosofía de la Universidad de Puerto Rico con concentración en Psicología. Ha publicado dos libros, para los cuales pintó los cuadros de las portadas. El primero titulado *Desvistiendo emociones*, una colección de veintisiete cuentos, Editorial Mariana, Puerto Rico, 2014. El segundo titulado *Amigos en dos tiempos,* un libro con dos historias juveniles, Ediciones Scriba NYC, 2017. Es coautora en la colección de cuentos *Andares,* Ediciones Scriba NYC, 2016. Tiene poemas publicados en *Di lo que quieres decir*, Ediciones Scriba NYC, *2017*, 2016 y 2015. Es miembro del Pen Club de Puerto Rico Internacional.

Palabras pintadas

¡Dolor y amor!
De las estrellas,
juntos bajaron a mi encuentro...

Julia de Burgos

Entro a la casa sin una reacción de mi esposo; continúa viendo el noticiero en el televisor. Siento desinflarme. No le reprocho su distanciamiento, ya ni le pregunto; hasta he olvidado el sabor de su boca. Hoy no me va a estropear el día. Hoy he gustado, luego cobré el cheque por mis ilustraciones en tinta. Debo apurarme ahora con la comida. Sí, aún gusto. Siento aleteos pícaros que antes no sentí junto al desconocido. ¿Por qué se fijó en mí? Tal vez buscaba una mujer fácil de las que se dice suelen frecuentar el centro comercial Gemas. Escogen la librería o los departamentos de caballeros. Se mueven con sus tacos altos mirando entre los libros o las mercancías costosas como sus carteras y no llevan bolsas de compras. ¿Me habrá confundido? ¿Yo, con los zapatos *flats,* el mahón y la blusa de hilo blanco?

Fue hace unas horas y recuerdo esta tarde en chispazos de imágenes. Llegué al *bistro* de la Librería Moneta, como todos los jueves. Escogí dos libros y una de las mesas pequeñas más retiradas. Sorbía un capuchino sin prisa y sin decidirme entre *El túnel* o *La sombra del viento.* Me interrumpió su voz; vibraba profunda como burbujas bajo el agua. Cuestionó afirmativamente si estaba libre una de las tres sillas. Asentí con la cabeza a la primera pregunta y él ya formulaba la segunda de si me había decidido. Debió estar observándome. No lo miré. ¡Qué tonta fui! Añadió que me recomendaba el primero. Sonreí por cortesía. ¿Él prefería los misterios o los asesinatos? Seguí ojeando el segundo libro con el título que desafía la imaginación.

También observé las manos impecables. Sujetaba la taza del café expreso con dedos de pianista que lucirían perfectos como punto focal en un cuadro, pero sin las mangas largas; aunque me gustaron las listas rosadas sobre el azul de la tela, que parecía suave como su tono al decir que habíamos coincidido antes allí. Creo que fui muy, no sé, ¿seca? Tampoco lo miré, solo le contesté: "Me llevo ambos. Buen provecho". ¿Por qué se estaba fijando en mí? Quizás...

¡El arroz! Se quema otra vez. Soy un desastre. El alborozo de mis hijas me contagia, anuncian sus excelentes calificaciones en la universidad, él las felicita orgulloso, el valor fluye en mí. Ellas se van a celebrar con sus amigos. Observo a mi esposo; se ve cansado. Sujeta el control remoto del televisor cambiando de canales y me siento al lado. Le digo que debemos hablar. Me sorprende que apaga el televisor y me mira, ¿desde cuándo sus ojos son tan negros? Me habla. ¿Qué me ha dicho? ¿Que quiere el divorcio? ¿Que se enamoró de otra? ¿Otra? Solamente percibo la fibra áspera del tapizado de la butaca enterrándose en la piel de mis antebrazos tiesos. Nada veo porque mi vista está perdida dentro una oscuridad que tuerce mi cuerpo, me roba los latidos. No me conozco, no me encuentro, no hay tiempo en esta gruta que deshace...

Me libera la imagen clara de Mami. Estamos juntas, cantamos en el auto, en la cocina... una de tantas de Marco Antonio Muñiz; la veo exagerando los gestos al llegar a la parte de: "*Se acabó. Mi amor lo mataste. Se acabó...*" Mami... deseo tanto tu abrazo... cantar contigo. ¿Qué sentiste cuando Papi nos abandonó?

—¿Me escuchas? ¿Me oíste? —pregunta lentamente el adúltero que parece hablar en otro idioma.

Van seis días. No queda rastro de él en la casa; se ha llevado muchas cosas junto con pedazos de lo que soy, de mis anhelos, de todo lo que ya no será. Sobre un lienzo grande desahogo llanto, rabia, humillación. Lo pinto a él como un cojín morado, curtido, manchado, clavado de puñales grisáceos partidos, doblados, largos, cortos. Cada día le añado más tajos negros, profundos, geométricos y más detalles en los mangos.

Son tres semanas. En un lienzo reducido, de dieciséis por veinte pulgadas, él es la mierda deformada, pisoteada por las vacas de marrón cansado que van y vienen del ordeño que las deja vacías. Todos los días vacías.

Par de semanas más, otra pintura. Ahora es un gallo desplumado, sin cresta, que cuelga del esqueleto de un árbol seco. Le pongo y le quito espuelas: afiladas cuando las heridas torturan, invisibles cuando las desafío.

En este otro, estoy pintando nidos deshabitados, enredados, deshechos al caer sobre la tierra dura. Luego de noches desvelada, añado un árbol. Le presento nidos incompletos sobre las ramas moteadas con renuevos de hojas en verde óxido. Día a día, le voy aclarando el cielo cerúleo y dejo que el pincel le añada hojas plateadas por los rayos del sol.

Durante dos meses he ido apiñando los cuadros contra la pared. Hoy escojo uno más grande y cubro el lienzo con un vaivén de azules matizados. Me deleito pasando brochazos largos en los colores embriagantes del atardecer. Los estoy difuminando y siento que vuelo en sus luces con fragancias de naranjas, rosas y uvas. Por la esquina superior izquierda quedan hilos débiles de cobalto y gris de una nube que una vez fue. Mis hijas, quienes no han comentado sobre las pinturas anteriores, me abrazan al verlo. Señalan que hoy es jueves y aciertan en que me hace falta volver a Moneta.

Llego al *bistro* y respiro vida. Me penetra el aliento del café, lo retengo con inhalación profunda y el placer es breve, como otras experiencias buenas que me dejan deseando más. Camino lento por pasillos de libros que entre colores y palabras me esconden y me entretienen. Saboreo el capuchino mientras ojeo un libro de recetas de cocina de Julia Child que es casi tan grande como el tope blanco de la mesita. Quiero comprarlo y estoy decidiendo cómo pagarlo. Una voz sonora susurra: "Ese libro es muy diferente al de Sábato". Antes de girarme, se está sentando en la silla contigua. Otra vez esas manos con la taza. Me impresiona la memoria del hombre impecable. Desenlaza mi sonrisa. Jorge, es nombre breve. Conversamos de las novelas que hemos disfrutado. Me extraña lo cómoda que me siento con él. Ambos evitamos las obras con temas de ciencia ficción, pero nos gustó *Memorial del convento*. Me anima la sensibilidad que muestra con sus preferencias. Dice que le encanta mi nombre, lo pronuncia con seseos que acarician y con cada "Mercedes" desboca mis sentidos. Compara el color de mis ojos con la miel... Imagino sus dedos resbalándola espesa, tibia, dorada sobre el hambre de mi pecho desnudo. ¿Guapo? No del todo, pero como Mark Anthony, tiene su atractivo. Es abogado con la compañía Gemas... Su hablar produce ecos en mi pelvis. Deseo oler su cuello por el borde del pelo grueso, achocolatado, ondulado. Mantengo la compostura. Frecuenta el local a media tarde... Prefiere el café de Adjuntas que sirven aquí...

Todo va bien hasta que ofrece comprarme el libro. Su intención de regalármelo crea una interrogante desagradable. ¿Se ha equivocado conmigo? Repaso mi vestuario: es sencillo. Mira su reloj, no da tiempo a la respuesta. Se despide apresurado porque lo esperan en una reunión. Debo parecerle desconcertada cuando ladea la cabeza, arquea las cejas con una sonrisa de disculpa y afirma que nos veremos el próximo jueves para otro café. ¿Un encuentro conmigo? Lo veo alejarse con el paso de quien acostumbra ejercitarse; es mucho más alto que yo y eso no es lo usual. Realmente, nada en este hombre es usual. ¿Tocará el piano? No sé.

Cinco bultos de ropaje

¡Un paso más, y se hunde,
por un beso destruida,
la barrera que separa
la mujer de la niña!

José Gautier Benítez

¿Por qué los bultos de ropaje regresan a mi vida? Este hijo mío quiere que vayamos a Aguadilla. Pretende usar el pasaje del navío a San Juan, que le compró el padre, para cambiarlo por dinero o venderlo. Irnos por tierra costeando el norte de la Isla y zarpar del puerto de la capital. ¿De qué viviré en Venezuela? Para este muchacho todo es posible, igual que para su padre, además de rebelde como los rizos moriscos de ambos. Pero los ojos son los míos. No los de águila que reconocían las vírgenes al vuelo. ¿Cómo es que no supe antes de los hijos que Damián tenía por Lares?

Ana se cuestiona en silencioso torbellino. Oprime la maleta sobre el catre con los brazos tensos, como cuando lavaba vigorosamente la ropa sobre la peña del río Prieto. Una catarata de recuerdos la golpea, la inmoviliza en el pasado.

***

Se vieron en el momento más intenso del sol. Ana regresaba de lavar en el río con las mujeres. Labor familiar que le fue asignada desde pequeña cuando su madre, Manuela, quedó débil del parto del menor, Eusebio. Era también responsable de enseñarle a leer y a escribir, tareas que disfrutaba por ser ávida lectora.

81

Aquel día, era otra vez la última en subir por la senda del frondoso paraje porque, mientras estregaban la ropa, se enchumbaba intencionalmente con placer ante las otras, quienes ya vencidas de advertirle, se reían con ella. Seleccionaba el vestido que usaría, lo lavaba primero y lo colgaba para que secase pronto. Al terminar, cuando las demás se alejaban, se cambiaba pudorosa detrás de los arbustos.

Llegó al tope del camino; depositó en la tierra la gran canasta de ropaje exprimido. Recogió miramelindas rosadas como sus labios de cándidas sonrisas. Las iba hundiendo en el cabello de gruesas hebras. Deleitaba las fresas que sostenía en la pequeña mano, que no era tan áspera como las de otras lavanderas porque las cubría de la sábila gelatinosa, antes y después de lavar. Rutina que aprendió de su tía Lucrecia, que le enseñó a coser y a quien no volvió a ver por seis años porque se marchó a Arecibo con el esposo.

Damián cabalgaba al rucio en su traje de hilo y botas lustradas, cuando la vio. La semana anterior al encuentro, él había llegado desde España porque don Pablo Márquez, el hacendado, no costearía más los estudios de Derecho que el hijo no completaba. Lo envió para que se responsabilizara y regresó tal como se fue, pero con ocho años más.

La imagen de Ana lo extasió. La ligera ráfaga le soplaba el vestido floreado sobre el cuerpo; los rayos se filtraban dibujándola por los tobillos y la entrepierna hasta las lunadas caderas. Alrededor le volaban las hojas secas, matizadas del color de su cabello. El sombreado agitado de la vegetación le impedía verle las facciones; solo captaba las cejas angulares. Desmontó. Ella cerró los párpados; escuchaba cada paso de aproximación con una tambora en el corazón. Se detuvo tan cerca que sintió el calor del cuerpo viril. Quedó incrédulo cuando se asomaron los ojos con el verdor del brillante musgo y de los helechos fulgurantes que la rodeaban. Olía a deseo azucarado. Sus dedos quisieron palpar la realidad de la joven coronada de flores. Rozaba el largo del pelo, que chispeó con el cuero de la fusta. *"Es real"*. En un movimiento removió el sombrero, levantó el canasto y pronunció su nombre con arrogante seducción: "Soy Damián Márquez. Permítame ayudarla. Es muy pesada la carga". Amarró el cesto a la silla sin esfuerzo. La invitó a caminar con mirada pícara; sin palabras ladeó el torso y apuntó el brazo adelante. Ella lo siguió enmudecida por un sendero de luces y sombras.

En pocos días don Agustín, su padre y capataz de la hacienda, se enteró por amigos que Ana y Damián andaban juntos. Le advirtió que se cuidara de las malas intenciones del hijo del patrono. Ella musitó que eran novios. Airado, se opuso a los encuentros hasta que el propio Damián se lo pidiese, como Dios manda. Ana asintió, confiada en que así lo haría.

Agustín Fierra era un criollo agricultor pero, junto a su familia, había perdido la finca de café por los arbitrios que les impusieron en el pueblo y las deudas a los prestamistas. Por honrado y alfabeta, se valió el puesto de mayordomo en la hacienda cafetalera de los Márquez. Le asignaron una casucha en los altos de los almacenes que, con la ayuda de sus tres hijos mayores, logró reconstruir, ampliar y transformar en vivienda modesta con baño y ciertas comodidades de la otra casa que había perdido con orgullo herido.

La respuesta de Damián a la petición que Ana le comunicó, fue decirle que visitarían al párroco para iniciar trámites de casamiento. Aceptó ilusionada. El día pactado arribaron y no encontraron al padre Avelino en la iglesia a esa hora, lo cual no fue sorpresa para el novio. La llevó hasta la casa parroquial fingiendo buscarlo y ante el crucifijo del Jesús con ojos ocultos, le juró matrimonio. Le ofrendó su amor con besos desnudos. Por tres meses, los juramentos se fundieron entre la yerba y el firmamento.

Sospechó estar embarazada. Recordó los síntomas de su madre con Eusebio. El temor creció al reconocerlos. Se dirigió al río, al lugar preferido donde pasaba largos ratos ensimismada con el movimiento ondulante de los peces. Esa mañana ignoró por la senda las plantas de flores hermosas, de las cuales solía seleccionar renuevos y sembrarlos en la periferia de la casa. El pánico respiró por su sangre. Llegó al remanso del río, más arriba de las peñas de lavar. Escuchó los palmoteos lastimosos del agua corriendo por las piedras. Desorientada, miró los peces que nadaban en retirada y retorno, tan perdidos como ella. Se arrodilló sobre el pedregal sin sentir que se clavaba en sus rodillas. El agua helada se impulsaba sobre las piernas y pies sin enfriar el agobio calcinador. Gimió, sollozó y dejó caer su cuerpo pecador sobre el agua cristalina. Quedó inerte de vacío hasta lograr aspirar aliento para su alma. Se incorporó determinada, mañana le diría a Damián. Creció su esperanza cuando le afirmó que se casarían en dos semanas, tiempo que él necesitaba para conseguir vivienda. Ella también hizo preparativos en culpable silencio ante los suyos. A Carlos, el hermano que trabajaba en la panadería de un comerciante emigrante, le pidió dinero aduciendo que era para coserle un traje a Madre. Compró dos retazos: uno azul que cosió para doña Manuela y otro de desconocida blancura para sí.

Lo esperó en el sendero acordado. Portaba su ropa en los estrechos pliegues de una sábana blanqueada al sol. Colocó ese bulto sobre la peña retirada discretamente del camino. Se sentó sobre él para no manchar su vestido de desposada. Se concentraba en amarrar con cintas igual de níveas, las flores silvestres que había escogido por la vereda. Las acomodó en su cabeza. Lo aguardó como una bella estatua envuelta en telas y cintas de mármol blanco sobre una columna pincelada de gris.

***

Damián demora   No debo desesperar
Esta vegetación no me sosiega hoy   Tanto verde asfixia   El
sol me evade   Las ramas lo traicionan   lo asoman cuando se baten
Se empeña en subir sin darme tiempo   No hay compasión
Llegará   No nos abandonará   Me quiere
La tierra está seca   resquebrajada   pisoteada
Me ciegan los rayos directos
Tal vez no consiguió la carreta   No importa   Aún hay
tiempo con el Párroco
El viento sopla turbado de uno a otro lado   Deshoja los
árboles encorvados   ¡Pobrecitas hojas!   Flotan extenuadas en su
intento por no caer   No quedar abandonadas
Es tarde
Las sombras se estiran   marcan espantos   huelen amargas
La luz reducida   avergonzada   me deja sola   Deshonrada   Oh
Dios   Cuando lo sepan   Madre se muere   Padre me echa
Reflejos de luna me tiznan de gris   ¿Esto es andar
sonámbula?   Óyelos   Los búhos se burlan de mí
Estas lágrimas no limpian
Estúpida   Idiota
¡Cómo le creí!   Tengo sed
Miserable
Se burló me rompió me desgració   AYYY
No grites   NNN   Todo resuena   Todo   TODO   Jmmj
Jmmj
Oh Dios   Que me perdonen

***

Decidió regresar y tomar un brebaje de hojas de
romero, achiote, ruda, laurel y de cuantas otras encontrase

para abortar. Cerca de la casa vio la luz de los quinqués. Olió el café. Infirió que la aguardaban preocupados. Se puso el traje que había dejado tirado al marchar. Escondió el bulto de sábana. Se untó fango para inventar que había quedado inconsciente al caer rodando por un risco. La interrogaron. Lloró y gimió hasta desmayar, sin hablar y sin poder mentir. Despertó de día junto a su madre. Confesó entre náuseas, lágrimas y abrazos. El padre llegó en la tarde. Reaccionó a la noticia como nunca antes había hecho. Alzó el brazo, la derribó de una bofetada. Miraba sin verla, sin entender las palabras de su esposa. Finalmente, captó que le hablaba de su hermana Lucrecia. El menor deseaba suplicar, hacer algo; Eusebio no quería que se fuese. La decisión: enviarla con la tía a Arecibo. Echaron sus cosas en una reducida caja que amarraron con cordones. Llevó en la mano: *Poetas puertorriqueños*, un libro publicado en Mayagüez que le había enviado Cristóbal, su hermano mayor que laboraba allí en una fábrica de pilar café. Tuvo que dejar sus preciadas revistas y publicaciones insulares, que incluían desde vestimenta capitalina hasta poemas de Alejandro Tapia. Eran las que familiares y conocidos se complacían en traerle por su interés en la costura y su deseo de ser maestra.

***

Ana continúa aplastando la maleta sobre el catre hasta el agotamiento. Se aparta. Casi la hace humear con la mirada.

¿Por qué mi hijo tenía que traer una así? Es tan similar a la otra más pequeña con la cual llegó Damián a recogerlo. Esa forma del cascarón de higüero seco, partido a la mitad, raspado al color de este cuero curtido, torturado. Ambas con el cierre de bronce opaco como los estribos de su silla. Reconocí la andadura del rucio al

acercarse. Mi corazón era una raíz de laurel que colgaba anudada sin penetrar la tierra para robarle fortaleza. Desmontó. Enrique devolvió el saludo a su padre con un "don Damián", tal como le requirió la primera vez que lo vio. Me persuadió para que el niño viviera con él y su hermana solterona, prometiendo que recibiría la mejor educación. No entiendo aún por qué escogió solamente a mi hijo para darle apellido. Tal vez por sus ojos de musgo claro, brillante, como solía describir a los míos. Tal vez porque reconoció cuán inteligente era. No sé. Me lanzó una mirada de pena y vergüenza, la traspasó a la valija que me extendía. Me ordenó en voz baja "Vístalo". A él "Vaya con su madre a ponerse esta ropa nueva". Subimos a la casa contando los tablones. Su manecita temblorosa sujetada a la mía. Le quité la ropa de limpio fresco como su cuerpo. Las nuevas de hilo fino ya le raspaban ausencias en la tierna piel. Abrazado a mí, le aseguraba que regresaría pronto. Aquel maletín vacío reabrió las fauces de metal forrado, ensañado en devorar mi espíritu. En el cavernoso, áspero interior, eché el caballito que le hice en tela de saco y crin de cordones, junto con el pañuelo bordado por mi madre. En ese fondo no cabían mis angustias. Él intentaba cerrarlo. Pero la lengüeta con punta de bronce parecía no dejarse callar; me cuestionaba burlona si lo vería todos los sábados, si llegaría a comprender este acto. La cerré de una palmada. Quiso cargarlo. Estiraba los deditos al empuñar el mango de enrollado duro, agujereado por costurones negros, lacrimosos de tanino. Le llegaba a los tobillos. Lo arrastró golpeando cada escalón que dejaba atrás con el retumbar de los zapatos ahuecados y el conteo de uuno, doos, trees, cuuatro... hasta trece. Andando, andando se fue mi niño.

***

Observas a tu madre oprimiendo la maleta vacía que le has traído para que se vaya contigo a Venezuela, mientras estudias la carrera de farmacéutico. Crees que está pensando igual a como tantas veces ha dicho: "Cuando yo nací, dijeron que hubiese cabido en cualquier tamaño de maleta por más pequeña que fuese. Desde entonces mi vida se ha cruzado con bultos, valijas y maletas".

Intentas captar su atención y le explicas "Madre, esta es su oportunidad para volver a salir del pueblo y laborar en su costura a otro nivel. A la tía Lucrecia le fue muy bien cosiendo y pudo sostener a la familia cuando tío murió y tuvo usted que regresar conmigo a la casa de los abuelos, que en paz descansen. Yo la recomendaré entre mis compañeros para que sus familias le hagan pedidos. Estamos próximos al siglo veinte que promete una nueva vida".

Reconoces que no escucha. Su mirada se va por un espacio sombrío. Callas como ella hacía cada vez que se despedía de ti. Recuerdas que hasta los cinco años todos te decían en Arecibo que tu padre había muerto y, casi al año de regresar con los abuelos, te dijeron que era don Damián. Fue una etapa confusa. Ves sus fuertes brazos sobre la maleta; como cuando de niño le traías el carbón para la plancha pesada que presionaba sobre la tabla. Te sentabas junto a ella para escuchar los cuentos mágicos que inventaba o había leído. Narraciones hechizantes que transformaban tu pensamiento, mientras ella lo hacía con las telas al vaivén del planchado. Aun cuando fuiste a vivir con tu padre, permaneció esa costumbre durante la infancia. En esas ocasiones le repetías "Don Damián dice que puedes venir a la casa grande a planchar y a coser". No comprendías su respuesta "No. Sería algo más que eso". Perdida la inocencia, has admirado siempre su entereza. Deseas tanto ayudarla a lograr sus anhelos que estás seguro que aceptará ir contigo.

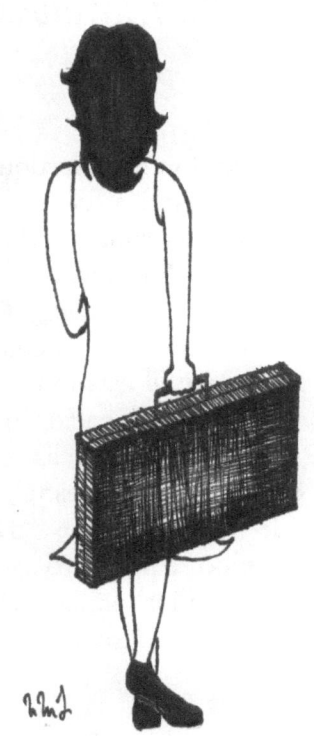

Bella Martínez

Bella Martínez es educadora puertorriqueña. Nació en Río Piedras, Puerto Rico. Su familia fue, es y será el pilar de su vida y de su obra. Bella es egresada de la Universidad de Puerto Rico, recinto de Río Piedras, donde obtuvo su Bachillerato en Ciencias Naturales. Concurrente a su graduación de la UPR fue la despedida de su adorado Puerto Rico para ir a vivir al estado de Dakota del Norte, donde cumplió su primera asignación militar en la Fuerza Aérea de los Estados Unidos. Bella cumplió su primer término militar concluyendo sus estudios de Maestría en Administración de Servicios de Salud y Métodos Cuantitativos. Fungiendo como profesora adjunta en la Universidad del estado de Dakota del Norte encontró en la docencia una de sus grandes pasiones.

El amor y la amistad

Soy de las que insisto en que menos es más. Quizás sea porque me creo que estoy rodeada de abundancia, puesto que de lo que tengo no me hace falta nada. Ahí ha de radicar la ironía de la contradicción.

Estando en la peluquería en la mañana del día de San Valentín me tropecé como tantas otras veces con una ex-vecina de nombre Anita. Anita es una de esas rubias oxigenadas que ha de tener un presupuesto solo para mantener sus cabellos impecablemente artificiales, igual que su ropa, su imagen y su vida. Anita siempre tiene una sonrisa a flor de labios, aunque a leguas se ve que su sonrisa no logra ocultar sus ojos de loca depresiva.

Platicando con Anita me di cuenta de que logró entender, aunque con gran dificultad, que la ironía de la contradicción es el secreto de mi espíritu feliz. Me complace fantasear con la idea de que le presté un poco de mi cordura, que se le entretejía en medio de todas sus incoherencias.

No me importa que no me quieran. Por el contrario, a menor cuantía mayor valía, lo que trae consigo sinceridad, eternidad y comprensión ante la adversidad. Por tal razón, no cesa de sorprender mi corazón el amor incondicional que me baña cual aguacero de mayo dondequiera que voy.

Y si hablamos de obediencia y respeto, se diría que nací para ser guarura. Mi espíritu nunca se ha visto impedido por mi tamaño físico. Por el contrario, aquí ha tenido que valer más maña que fuerza.

Y ante la abundancia de inválidos mentales con los que me he tropezado en la vida, el amor de mi hermandad salsera, de las Hermanas del Perpetuo Desorden y de la Asociación de Madres Descarriladas me ha mantenido a flote entre las turbulentas correntías que han querido tragarme.

La ironía de la contradicción es la que prueba mi teoría del no querer y obtener. Es decir, luces un anillo de compromiso para evitar atracciones innecesarias y llega cuanto cagacatre salido de algún circo rodante pasa a querérsete meter en tu agenda.

El pan del pobre le llega todo a la vez, y cuando los proyectos te desbordan la agenda que ni para peinarte te sobra un minuto, allá te esperan tres ofertas más. Y es que el no querer atraer te convierte en un imán de los industriales.

A mis estudiantes, por ejemplo, les hago que pasen trabajo para que aprendan y cuando entiendo merecen un descanso y no les doy tarea, me envían correos electrónicos solicitando qué más podrían hacer...

La veterana

Desde pequeña he escuchado el término "veterano" rodeado de grandes controversias. He optado por convenientemente ignorar insultos desde que supe que mi Cacique era parte de ese selecto grupo que tanto ha crecido en los últimos tiempos.

Esta mañana iba yo gastando la suela de mis zapatillas de correr sobre un asfalto que aún no sufría el castigo del rubio, bajo un alba perfecta que no dejaba que las nubes empañaran su atractivo. Al finalizar esa mi purificación mañanera diaria, que usualmente es placentera, me dirigí al buzón donde recibo mis cartas.

Abrí el buzón para procurar carta por primera vez después de la muerte del Cacique, quien tenía como misión diaria cotejar el correo. Su espíritu curioso se regocijaba cada vez que subía carta en mano regalándome su mejor sonrisa, cual si me estuviese trayendo una sorpresa. Tal importancia tenía la tarea, que la Cacica le bautizó "El Cartero", mote que él tomó tan en serio que se autoproclamó Comandante del Departamento de Correos en la Casa de la "Vieja de los Gatos".

Y para allá se me escapaba el pensamiento matutino, tratando de elaborar una respuesta a la interrogante que siempre me asalta durante esta época previa al "Día del Veterano", cuando finalmente me rendí y acepté mi ignorancia ante tal complejidad. Pensaba en el ser humano trabajador que carga sus funciones con el orgullo que le presta su uniforme, y que se distingue entre los demás por su falta de egoísmo y su disposición a dar la vida por una causa en el cumplimento de su misión. Ese ser que inicialmente tomó sin titubeo el llamado de la Patria a proteger a los demás ciudadanos de cualquier amenaza inminente o real, extranjera o doméstica. Por ahí volaba mi mente viajera cuando me revivió el recuerdo de haberle tomado juramento, como oficial de las fuerzas armadas, a tanto recluta que juró ante su Dios y ante mí, como representante del servicio militar, que cumpliría sus funciones a cabalidad, que obedecería órdenes, etc. Ese juramento, que hay que entenderlo y vivirlo a cabalidad antes de recitar como el papagayo como sigue:

"Yo, _____, juro solemnemente que apoyaré y defenderé la Constitución de los Estados Unidos contra todos los enemigos, extranjeros y nacionales; que voy a tener fe y lealtad a la misma, y que voy a obedecer las órdenes del Presidente de los Estados Unidos y las órdenes de los oficiales designados por encima de mí, de acuerdo a las regulaciones y al Código Uniforme de Justicia militar. Así me ayude Dios".

Este credo nunca llegó a pesar más que en el momento en que vi la manita de mi chamaca frente a mí repitiendo la misma letanía que yo recé hace poco más de 24 años, cuando me empeñé en probar suerte y asegurarme unos pesitos por la vía mercenaria para estudiar mi postgrado.

Pues no, ninguna de esas incontables ceremonias tendría ni tendrá la trascendencia de haberle tomado el juramento a mi propia chica, quien en el futuro será veterana de tercera generación.

De hecho, las reflexiones de hoy día iban por el camino de mi tercer quinceañero y los pendientes que he logrado concluir a través de esta vida. Trataba de buscar en mis archivos imaginarios algo que quisiera recibir de regalo y no lograba encontrar la lista de deseos que debo tener presente en mi mente para poder pedir el deseo principal mientras apago la velita del pastel de cumpleaños. Es ahí cuando caigo en cuenta y veo la lista en blanco, visualizando lo que me falta: ¡Nada!

Abro el acceso al buzón toda vez que el Cacique ya se retiró de sus funciones de "Cartero" y alcanzo a ver que hay correspondencia. Los habituales catálogos no distraen mi curiosidad, que me detiene y me obliga a abrir con la avidez característica del desespero un elegante sobre tipo invitación dirigido a mí; dejando en evidencia que el remitente tomó el tiempo y el cuidado de escribir mi nombre y mi dirección postal en caligrafía. Saco del sobre una invitación que leía: "Homenaje a ti... Veterano", etc... Me indica propósito, fecha, y hora, par de líneas antes de darme el golpe de gracia, que lee como sigue: "Su presencia es imprescindible".

En otro momento me hubiese halagado que me hicieran un homenaje y que me hubiesen seleccionado para colarme en ese tan selecto grupo de "veteranos distinguidos". Pero la invitación a la actividad, producto de dicha selección a recibir tan preciada distinción, no hizo otra cosa que angustiarme. De golpe y porrazo, me regresó la ansiedad del conflicto de calendario ya presente en mi agenda del fin de semana, que con tanta rapidez se aproxima.

No se a quién se le ocurrió sugerirme ante el comité evaluador para ser considerada, y le agradezco la nominación. Juro por mi Madre, que es lo más que quiero en el Universo, que haré todo lo posible por llegar, aunque sospecho que todavía no he sido omnipresente y no sé si lo logre de aquí al domingo. Por lo pronto, y mientras logro seguir evaluando posibilidades para manejar el conflicto de calendario, seguiré extrañando al primer veterano que conocí en esta vida y el más importante que conoceré en las vidas que me falten vivir.

Fue ese mismo veterano el que me inspiró a servir a los demás en todo momento, no necesariamente a ir a enlistarme o vestir de uniforme; puesto que he de confesar que me armó una pataleta tipo tercera guerra mundial cuando se enteró de que yo había decidido levantar "mi" mano derecha. Nunca alentó mis tendencias castrenses, aunque siempre me convenció de que podría hacer lo que me propusiera, sin importar lo que fuese.

Ese veterano feminista nunca restó mérito a nuestros logros por ser chicas. En fin, que siempre nos trató como muñecas bravas tipo todo terreno, porque confió en que podíamos "echar pa' lante".

El amor propio

De lo que tiene, no le hace falta nada...

Si bien delante de muchos esa chica peca de arrogante, no lo es. Simplemente no le tiene paciencia a la ignorancia, pese a que tolera de buena gana al ignorante, aunque solo sea por la caridad que desde pequeña hizo parte de su espíritu socialista.

Cuando a la pobre se le antoja tener una conversación con quien tenga semillas en la maraca, muchas veces es menester que sostenga un monólogo. De lo contrario, es pérdida total de tiempo y energía tener que estar explicándose cada treinta segundos. Así que cuando uno de sus más admirables hermanos en esa misión universal en la que ambos se encuentran atrapados la considere a ella un ser inteligente, tiene que por obligación ser un gran elogio; no tan solo por la validez y credibilidad de quien presta la condecoración, sino también por el valor y los años de amistad que les unen. Sin embargo, no hay que equivocarse; porque aunque ella reciba tal laurel con profunda gratitud, no pierde la discreción del que aún no suelta el foco de servir a la humanidad, ni mucho menos osa olvidar sus raíces campesinas.

La chica no es vanidosa para reconocer, y si es menester, enmendar errores; toda vez que reconoce desde lo más profundo de su ser esa humanidad terrenal que no logra borrar completamente su orgullo propio al invertir sus esfuerzos en la tarea de turno, aunque la misma sea considerada a todas luces masculina.

Aunque lo recibe con humildad y sin pretensiones, reconoce la gran valía que tiene un piropo hacia sus dotes de repostera; más aun cuando este viene dirigido por parte de una Profesora de Artes Culinarias. Y sí, el galardón es recibido con beneplácito y sencillez; aunque sin mucho alarde de grandeza. De cualquier forma, lo único que sabe de repostería lo aprendió mirando y arreglando accidentes, para luego de haber perfeccionado las técnicas auto-aprendidas y aplicadas, compartir con la humanidad el fruto del talento con el que el Universo la dotó.

Así de autosuficiente e individual, le encanta pachanguear, que la tongoneen y que la apapachen, aunque no necesita que la paseen porque se puede y se sabe pasear sola. La pobre envidia la suerte de la fea, toda vez que por ser casi atractiva, pero sobre todo independiente, ha conseguido acompañarse de su tan fiel soledad, que ha aprendido a echar de menos cuando algún cuerpo extraño logra acercársele.

Su estima no ha sufrido heridas permanentes porque no le permite al espejo que le muestre ninguno de sus defectos. Como el que busca encuentra, ella se ha propuesto no buscar lo que no quiere encontrar. No le afectan las preguntas que con curiosidad se hacen los que creen conocerla, y mucho menos las conclusiones a las que algunos precipitadamente llegan por vía de la confusión que su libertad les causa. Si al resto de la humanidad le afecta su asexualidad, ella no se da por enterada a no ser que de golpe y porrazo alguien le pregunte. Otros le han acusado de "rompecorazones", pero yo que la conozco, sé y aseguro que no lo es y nunca ha sido esa la intención. Nadie tiene el derecho de acusarle de coleccionista. El que lo hace, definitivamente no la conoce. Los más osados le han llamado "lesbiana" en su propia cara y los menos se atreven a "tirarle un ticket" a ver si cae. Bueno, y no es que no haya caído, pero cuando el fuego calienta y el deber laboral la llama, hasta el más valiente se asusta ante la sola idea de la remota posibilidad de perder su presencia en cualquier instante sin previo aviso. Y por más que la realidad sea clara, pura, fiel y simple, la imaginación asalta hasta al que más seguro se cree. Apuesto a que por eso es que hasta hoy la libertad prevalece en la vida de este enigma. Mientras, ella mira de lejos, cual espectadora de un largometraje del que no forma parte. Entretanto, los que creen ser protagonistas patalean y lloran el éxodo auto infligido.

Aunque no fue necesario, hubiese con gusto recurrido a algún banco de esperma para tener hijos; toda vez que nunca ha requerido apoyo externo más allá del de la tribu que voluntariamente seleccionó y en la que le ha venido en gana permanecer hasta el momento.

Pero su más discreta cualidad ha de ser su capacidad de regalarse cosas a sí misma, sin afectar a nadie y sin que nadie se entere. En múltiples ocasiones les ha dado explicaciones a quienes de seguro no se las debe, aunque curiosamente se las piden, respondiendo indiscreciones con gran educación y dulzura: "Me lo regalé de mí, para mí, con todo mi amor". A eso es a lo que yo llamo "amor propio"...

Atala Matellini

Nació en Lima, Perú. Es poeta y promotora cultural. Su obra figura en importantes antologías de España, Chile, Francia, Canadá, Colombia y Perú. Como promotora cultural realiza desde muchos años una fecunda labor de difusión de la poesía en el Perú y el extranjero. Desde el año 1997, es corresponsal de la revista La Porte des Poétes (París-Francia). Es colaboradora de la revista cultural VOCES de Lima. Actualmente integra la Directiva de la Comisión de Escritoras del PEN Internacional del Perú. Libros publicados: *Pasos y Nostalgias*, Lima, Perú (1989), *Vertiente y Vibraciones*, Lima, Perú (1996), *Estancia Íntima*, Bogotá, Colombia (2006) – APIDAMA ediciones, *Desde los Cantos Ausentes*, Lima, Perú (2010) – Carpe Díem editora, *La Siembra del Corazón*, Lima, Perú (2013). Y el Cuaderno de Poesía *Agua Viva* – Selección Caín (España). Tiene varios poemarios inéditos.

Judita: un legado de amor

De pequeña gustaba sentarme junto a mi madre
Bajo una enramada de jazmines y buganvilias
Para escuchar emocionada historias de su infancia.
Allí descubrí que al elevarse su voz, el viento se detenía
Que los árboles extendían sus ramas hasta casi tocarla
Y que cada abrazo otorgado
Era un puñado de fértil tierra y renovadas semillas.

Ella fue muy sabia
Ella nunca dijo adiós...
Judita siempre estará con nosotros
Y sus recuerdos seguirán entretejidos en mi memoria.

Bajo el jazmín en las buganvilias

Miro alrededor
Y veo las manos de mi madre.

Madre que toca las flores
Con infinito amor.

Ella está en todas las flores
Yo envuelta en su recuerdo
Desglosando hojas de la memoria
Con el sonido gutural de las palabras.

Bitácora de niñez

Al terminar sus estudios secundarios, Madre tenía quince años y poseía un carácter comunicativo y alegre. Además, era una joven muy adelantada para su época, pues al salir de la escuela, inmediatamente pensó en trabajar.

Así fue que al conocer a la señora viuda de Tominaga, quien vivía frente a su casa, le comentó de su interés en laborar. Y cuál no sería su sorpresa al recibir de inmediato la siguiente respuesta: "Judita, no te preocupes, soy la principal accionista de una fábrica de caucho, y desde este momento, tienes un puesto allí. Ya irás aprendiendo poco a poco lo que necesites para realizar tus labores".

Se inició entonces como encargada de la caja chica de la empresa, y por su esfuerzo y dedicación llegó a ser auxiliar del contador, ocupando años después un importante cargo ejecutivo. Por esos años, Judita compró un auto *Studebaker*, siendo la segunda mujer en Lima en obtener una licencia de conducir. Más tarde, cuando la señora Tominaga y su familia viajaron al Japón, dejaron a cargo de su negocio a los señores Kawai, quienes llegaron a tenerle mucho cariño, invitándola con frecuencia a visitar su imponente casa, la misma que entre tantas bellezas que albergaba, Judita mencionaba siempre, tenía un impresionante jardín japonés.

Terremoto en Lima y Callao

Era la mañana del 24 de mayo y nadie imaginaba lo que ese día iba a ocurrir. Yo tenía seis meses de nacida y quedaba al cuidado de mi abuelita y de la nana mientras mi madre trabajaba. Y cuando empezó aquel fuerte remezón preludiando un terremoto, ella, acostumbrada desde niña a los fuertes temblores de Chile, su país natal, no le prestó la menor importancia.

Sin embargo, empezó a alarmarse al ver que el sismo continuaba y que en su centro de labores todos salían corriendo despavoridos. Al reconocer la gravedad del caso buscó alcanzar la calle, y en ese trance, sintió un violento empujón que le daba doña Joaquina, la esposa del gerente general.

Espantada, Judita vio que en ese momento caía una enorme pieza de cemento, adorno de la fachada de la fábrica, casi rozándole el cuerpo. En medio de la polvareda, ambas se miraron aterrorizadas, pensando en lo gravísimo que hubiera podido ocurrir.

Luego Madre, sin hacer caso a las advertencias de sus compañeros de trabajo y con el pensamiento puesto en mí, se dirigió a su auto intentando inútilmente conducir. Sumada a su desesperación, vio que la intensidad del sismo aumentaba y se estaban formando unas ondulaciones en el pavimento que hacían imposible el tránsito vehicular.

Mientras tanto, en casa, Abuelita hacía denodados esfuerzos para abrir la puerta del dormitorio donde se encontraba mi cuna.

Ese día, la tierra tembló iracunda. Y aunque yo no tenía total conciencia de los hechos, dada mi corta edad, así creo recordar tan álgidos momentos.

*El 24 de mayo de 1940 se produjo un terremoto de magnitud 8.2 en Lima y Callao, sentido en toda la costa central y seguido de un *tsunami*. Ha sido el mayor terremoto en la ciudad de Lima en el siglo XX y el segundo en intensidad desde el ocurrido en 1746.

Hoy viajo a Valparaíso, en la Quinta Región de Chile

27 de julio del 2007

Voy a la presentación de la *Antología Poética Algunas Voces*, un libro editado por la escritora peruana Lucy Calvo. Algo muy especial me une al vecino país. Madre nació en Valparaíso y a los ocho años dejó su ciudad natal para venir al Perú. El viaje lo realizó en el buque Rímac y por ella supe de su pena inmensa al partir y del llanto que la acompañó durante mucho tiempo. Ahora, en el hermoso azul del mar de Viña del Mar, encontré su rostro de niña.

Madre me dejó sus ojos para contemplar su patria.
El mar me entregó sus lágrimas.

Memoria

Hasta ahora prevalece esa dirección en mi memoria
(Los Naranjos dos cero ocho, San Isidro)
La casa donde pasé mis primeros años
Cuando Judita salía muy temprano a trabajar
Cuando el silencio quedaba impregnado en las paredes
Cuando yo buscaba una voz que venciera ese mutismo
Y cuando el eco de mis pensamientos
Se escapaba por sus ventanas.

Layda Melián

Layda Melián (Yolanda López-López), nace en Gurabo, Puerto Rico. Es reumatóloga de profesión. En el 2007 ingresa a la Maestría en Creación Literaria con Concentración en Narrativa de la Universidad del Sagrado Corazón. Recibe la Medalla Pórtico por excelencia académica. La tesis, presentada en 2011, es la novela *La caída de Alejandro Curtos,* que poco más tarde edita y publica, bajo Terranova Editores, en el 2013. Este texto ganó Mención de honor de los premios PEN de Puerto Rico en el 2014. Sus cuentos y poesías han sido publicados en revistas impresas y digitales y han sido seleccionados para varias antologías. Ha sido jurado del Certamen de Cuento del diario El Nuevo Día en 2016. Actualmente modera el taller de Cuento Básico en Ciudad Seva y participa en la Cátedra de mujeres negras, ancestrales, y es miembro del colectivo Amalgama G7.

El abrazo

Nuestra historia fue una opacada por el tiempo, de esas que no se llegan a verbalizar. No fue cuento de boca en boca porque jamás salió de la nuestra. ¡Éramos tan jóvenes! Delirantes de pasiones, ausentes de palabras. Comenzamos la universidad en el mismo año, 1976, en el departamento de biología. Nuestro primer encuentro ante la tabla periódica se matizó de risas y bromas. Entre elemento y elemento nos amarró el uranio. Fascinados por el poder de destrucción de la bomba atómica, disertábamos por horas sobre reacciones químicas. Nuestros asientos, uno junto al otro. De cuando en vez, levantábamos las miradas para luego bajarlas con timidez. En esos intervalos de susto no era necesario conversar. Escuchar la clase, en el mismo grupo, distanciados por doce pulgadas entre los asientos, era suficiente. Cuando nos despedíamos, me llevaba tu presencia hasta mi apartamento. Allí, reías conmigo ante las cartas de mi amiga. Sí, aquella estudiante de literatura que adoraba la poesía y a la que tú te referías como "la loquita" desde el día en que te enseñé uno de sus poemas. Cocinábamos mi plato favorito, arroz con habichuelas. Tú siempre sugerías el acompañamiento: unos días pollo, otros, chuleta; jamás cosas como churrasco o costillas. Después de cenar nos sentábamos en el sofá a ver televisión: Los ángeles de Charlie. Me parecía simpática la serie, pero sentía envidia de todas, a pesar de que tú no mostrabas interés en ellas. Yo te preguntaba sobre la maranta de Jill, la rubia, y tú respondías que eras más del tipo de Sabrina, con el cabello marrón oscuro, como el mío. Entonces me abrazabas, para luego halarme por las manos hacia la ducha y enroscar tus caricias en mundos de espuma, que preparaban mi piel para la noche. Y ya sobre la cama, las sábanas frías se tornaban tibias ante el calor transpuesto de tu cuerpo etéreo reclamado por mí, por mis manos, por mi cuerpo.

Sí, te amé. Te amé tanto que no sé cómo explicarlo. Creo que aún con el tiempo no podría hacerlo. La aventura universitaria se esfumó muy rápido. Esperé cuatro años para que te declararas. Cada sonrisa tuya era una esperanza, cada reunión de estudio era una puerta abierta al abismo de la espera. Creo que en el último semestre estuviste a punto de decir algo aquella noche en que me invitaste al cine, pero nos interrumpieron tus amigos y al final de la película te fuiste con ellos. Yo caminé hacia mi carro y lloré. En aquel momento traté de resignarme a la soledad en tu compañía, a la distancia en la ausencia de tu abrazo. Pasaron días sin verte, y una tarde te escuché gritar mi nombre frente al edificio de química. Venías corriendo a notificarme que habías sido aceptado en la misma escuela de medicina a la que yo entraría.

"Unidos para siempre" dijiste, con una sonrisa.

Yo asentí con la cabeza y respondí con un "qué bueno", sin otro comentario. Me despedí con la excusa de un compromiso. Sí, con mi soledad. Por esperar esas palabras que nunca dijiste no acepté otras invitaciones de aquellos que pretendieron enamorarme. No quería volver a verte y quería verte en todos los instantes.

El primer día de clases en la escuela de medicina intenté sentarme con una de mis amigas. Simulé estar distraída para evitar el encuentro contigo, pero viniste directo hacia mí y, como si fuera una niña, me llevaste al asiento que escogiste, junto al tuyo. Yo no resistí. El juego comenzó de nuevo. Las risas, las miradas, los alientos. ¿Cómo fue posible que no lo vieras? Cada clase, cada examen, cada momento era una puntada en el paño de amor que arropaba mi anhelo. Una mañana, muy risueño, mientras sacabas el texto de anatomía, comentaste que te casabas. Yo sonreí con dificultad; mis labios ateridos no pudieron responder.

"Es cierto, Silvia. No sonrías así. No puedo esperarte toda la vida. Tú te has casado con los libros" me dijiste.

"No es cierto" respondí, pero no dije más.

Me recrimino hoy por ese momento. ¿Qué habría ocurrido si yo te hubiera confesado mi amor? Esa tarde una jaqueca, de la que jamás había padecido, me impidió estudiar contigo. Ese día, decidí dejar de amarte. A partir de entonces, inventé un novio en Boston y todas las tardes conversaba con él, por lo que no podía reunirme a repasar el material del día.

"Lo conocerás cuando venga en el verano" prometí ante tu insistencia.

En el verano yo fui a verlo. Me retraté con otro turista en Boston y pudiste ver al fin su cara. Nos dejamos una tarde. Alegué ante los curiosos, a los que hay que contarle todo lo que no les importa, que estaba cansada de las llamadas telefónicas y los besos en las cartas.

En los próximos años nos encontramos una que otra vez: a tomar a café y a conversar. Viví cada uno de tus hijos, porque habían decidido no esperar mucho tiempo. Amarré con sonrisas mi pasión y festejé todos los retratos de cada uno. Me repetí como un mantra: "ya no lo quiero". Alcancé la serenidad cuando dejé de verte.

"Me voy para Rincón a poner mi oficina", me informaste en un encuentro.

"¿Por qué tan lejos?" pregunté.

La contestación fue sencilla. La familia de tu esposa vivía allá. Pensé que ya nunca más regresarías al área metropolitana. Y en ese instante fui feliz. Subestimé las pasiones humanas. ¿Acaso es posible dejar de amar? Yo traté. Pasaron tantos años. Las finas arrugas alrededor de mis ojos son evidencia concreta de ello. Puse resistencia a aceptar que cuando se ama, se ama para siempre. Un amor no consumado quema por dentro. Vinieron otros galanes, conversadores, inteligentes, pero te seguí amando. ¿Por qué? Por las razones más extrañas tal vez: porque no te conocí lo suficiente para dejar de amarte, porque no te odiaba, porque evocabas en mí los más tiernos recuerdos, porque el aroma de tu perfume me persiguió en otros cuerpos y al cerrar los ojos revivía tu aliento.

Dentro de toda la enajenación del amor, aún hoy, revivo una oquedad dolorosa en el pecho cuando recuerdo la última vez que te vi, hace apenas un mes. Inimaginable. Todavía trato de encontrar una explicación. ¿Acaso yo, sin percatarme, sembré en ti el mensaje? No. Me he convencido de que ocurrió porque al madurar, con el pasar del tiempo, algunos se despojan de todas las inhibiciones y los preceptos moralistas impuestos por la Iglesia. La vida se torna más llevadera, más suave, más abierta a vivirla como se contempla en nuestro pensamiento onírico; sin las cadenas de los teoremas y mandatos de la Iglesia, del tiempo y de la jerarquía familiar.

Aquella mañana llegaste a la clínica de imprevisto y pediste hablar conmigo. No era difícil saber dónde estaba. Siempre dije que seguiría en la academia y el listado de la facultad está en Internet. A pesar de los años transcurridos te reconocí al verte por el pasillo. Saludaste a los colegas. Intercambiaste varias frases superficiales y caminaste hacia mi cubículo. Reconocí tu mirada, la misma después de tantos años. No dijiste hola. Sin más introducciones que las que brinda una relación imborrable por el tiempo, acercaste tu cuerpo al mío y me dijiste en un susurro:

"Tú has sido el amor de mi vida. Mi matrimonio no funciona... y yo quiero saber si tú quieres ser mi amiga".

Aquel silencio corto tras «no funciona» me alimentó una esperanza que se desvaneció en un tris. La palabra "amiga" de la boca del hombre que se ama, es simplemente "amante". Te resististe a pronunciarla. ¿Acaso son menos mujeres? Evitaste pedirme que fuera tu amante. Yo hubiera preferido la invitación a una sola noche. Una noche para finiquitar este duelo que me impide rasgar el velo que mantiene esta soledad.

En ese momento te deseé, te amé con la carne y el espíritu, vacilé sobre qué decirte, pero en la bruma de pasión se presentaron los niños hermosos de aquellos retratos: y ese día... te abracé... y te dejé ir.

Ydalia Molina

Nació en Caracas, Venezuela. Reside en Puerto Rico desde 1998. Estudió Artes Plásticas en la Universidad Central de Venezuela y allí trabajó en la Dirección de Cultura. Fue Curadora de Arte Latinoamericano del Museo de Bellas Artes de Caracas. Desde el 2009 ha realizado en Puerto Rico diversos cursos de Escritura Creativa. En el 2012 fue coautora de la antología de cuentos *Maraña*. En el 2016 publicó su primera novela *Martiria Lucía desborda vendavales*, con la cual gana el Premio Nacional de Novela del Pen Club de Puerto Rico y el Primer Premio para Novela de Romance en el Latino Book Awards de Los Ángeles, ambos en el 2017. La ponencia *Martiria Lucía bordadora de su propio destino*, la expone la Dra. Maite Ramos Ortiz en el "XI Coloquio Nacional sobre las mujeres" de la Universidad de Puerto Rico (Mayagüez-2017). En el 2018 participa en el libro *Crónicas de María: voces para la historia*.

Nueve gotas de luna roja

Era una india guajira de dieciocho años cuando decidí abandonar la laguna de Sinamaica. Salí del palafito en donde vivía con mi familia, arrastrada por sus ojos grises. Aspiraba no regresar. Las aguas estaban tan revueltas que no podía montarme en la lancha. Mi abuela, chamán de la tribu, dejó de tejer la hamaca y salió detrás de mí. Mi *maachon* era una india de ochenta años, de piel morena muy tersa. Su cabello se mantenía negro y brillante. Vestida con su manta guajira de flores amarillas y la cinta tricolor sobre la frente se veía más joven. Aunque era delgada y pequeña, su temple y autoridad siempre me hicieron verla inmensa. Me besó en la frente y colocó en mi mano un papel pequeño y arrugado. Mirándome con la toda la intensidad de sus pozos negros me dijo: "Mi *majayülü*, mi niña; si es necesario, lo haces".

Han pasado nueve años, tres abortos a palo limpio y esos gritos que me retumban, "guajira inmunda". Me duele tanto haberlo seguido a tierra firme, que cada día siento más la presencia de abuela repitiéndome, "*majayülü*, si es necesario...".

El papel tenía manchas amarillas y verdosas, pero se podía leer bien un conjuro que rezaba: "Cuando la noche mengüe, busca la fruta de la ventura buena, el aguacate que el supremo *Mareigua*, el no engendrado, sembró tierra adentro. Une la pulpa con el agua y la tierra de petróleo que emerge en el centro de la laguna. Colócale nueve gotas de tu luna roja. Pasa el aceite de la semilla por tu rostro, detén el tiempo. Come la concha que la recubre, aleja la cobardía. Sumerge la semilla en la mezcla verdinegra y espera hasta la noche llena. Al pintarse la semilla de mitad luna y mitad noche, clávale cuatro palillos. Colócala sobre el borde de un vaso lleno de llovizna. Cuando el retoño tenga tres hojas, hazlo. Dale a beber el agua".

Hoy no tengo miedo al navegar de regreso a mi hogar por estas aguas de Sinamaica, que de noche dejan de ser laguna para transformarse en constelación. La mirada de mi *maachon* ahora es la mía. Su *majayülü* creció. Todo está sereno y una luna roja en el zenit me guía hasta los palafitos de mi familia, que titilan como el resto de las estrellas. Mis hermanas *wayúu* escuchan la lancha y abren la puerta; me esperan para lanzar sus ojos grises al centro de la laguna.

Red performance

A pesar de ser una gran colorista, no utilizaba el rojo en mis cuadros. Cuando apliqué ese color por última vez, un extraño sentimiento me estremeció. Más que un escalofrío fue miedo, más que miedo fue terror, más que terror fue una premonición. Yo compraba una gran diversidad de pigmentos rojizos y los ordenaba uno al lado del otro. Al tratar de aplicarlos en el lienzo, me paralizaba. Por la impotencia y la rabia, pintaba mi cuerpo con esos tonos. Luego, con pinceles y espátulas, sin ningún tipo de rojo, creaba paisajes abstractos de violentos trazos buscando la catarsis. Me hice adicta al ritual porque llevaba mis obras a otro nivel.

Un crítico de arte definió mi estilo como "Una obra expresionista que atrapa la mirada y la desplaza dentro de una montaña rusa de color hacia un abismo sin fin". Lo invité a mi taller y la atracción fue mutua. Me dijo: "Es fascinante verte cubierta de pigmentos policromáticos contrastando con los negros y dorados del cuadro, con esa mirada atormentada que me hace temblar". Desde ese día compartimos el ritual: organizábamos los tonos, luego ambos con las manos llenas de carmín, bermellón, escarlata o carmesí frotábamos su cuerpo y el mío, su sexo y el mío, su orgasmo y el mío. La lujuria exorcizaba, por instantes, la sensación producida por las tonalidades que para mí eran nefastas. Después un torrente de pánico, me poseía e inmovilizaba. Al superarlo, una explosión de sentimientos se liberaban a través del pincel de forma magistral en la obra.

Él me visitaba con frecuencia y se fue adueñando de mi taller. Mi pintura cambió. Criticaba el exceso de negro y púrpura. La falta de rojo lo exacerbaba. Progresivamente trastocó nuestro ritual. Con los tonos rojizos en sus manos, apretaba y marcaba mis piernas, senos y glúteos. Vaciaba los tubos junto con su lujuria, dentro y fuera de mí. Exprimía los envases hasta partirlos, igual que a mí. Su estocada final era manchar mis lienzos con el color prohibido. Cuando se marchaba yo los destrozaba, gritando. Tuve que alejarme de él y eso lo irritó. Escribió en su columna: "Su trabajo es un pegote amorfo, sin expresión. Y la abstinencia del rojo no le ha permitido evolucionar". Ese día también exaltó las piezas de una ceramista: "Es fascinante ver cómo las manos de la artista doman el torno y el barro para crear cerámicas orgánicas, cuya gama infinita de granates y coral producen en el espectador un éxtasis visual de sensualidad".

Lo invité de nuevo al taller. Le dije que le mostraría mis nuevas tonalidades. Había organizado todos los pigmentos en el piso, y al lado de ellos extendí un enorme lienzo, sobre el cual lo acosté. Entre besos, pinté su boca de negro. Le apliqué pintura en sus manos, en las tetillas y en la entrepierna. Le susurré al oído: "Mantente relajado; el pene lo pintaré al final. Esta obra se va a impregnar de tu color". Sentada sobre su abdomen, él apretó mis senos y manchó mi piel con sus dedos llenos de rojo morboso, perverso, castrante, latigante, aberrante. Cuando quiso pintar mi clítoris, sus jadeos de macho en celo se transformaron en un grito seco, al sucumbir ante el trazo fuerte de mi espátula afilada como un cuchillo, cortando su garganta. Con ella continúe dibujando líneas profundas sobre su cuerpo. Cuando terminé, disfruté al ver mi obra totalmente carmín y su último trazo derramándose... blancuzco, espeso y asqueante.

Mi querido Simón

Mi adorada Manuelita, el hincarme la porcelana iridiscente de tu boca fue el flagelo más sutil demandado por mortal alguno en la expiación de su pecado; tus dedos se adhirieron a mi carne como en las breñas de la ascensión al Pisba, para darle a este hombre (tu hombre) un hálito mortal, en la contemplación de tu divinidad hecha mujer.

Perdóname, tuyo. Bolívar
(V. La Magdalena, 9:30 p.m.)

A su Excelencia El Libertador
General Simón Bolívar
Mi querido Simón:

Yo, su Manuela, que había resuelto dedicarle mi eternidad a adorarle, me siento enardecida al ver coartado ese derecho infranqueable que me había ganado por haberle amado por encima de todo durante mi vida. Yo, que he sabido escabullirme de los dioses y demonios de la inexistencia para velar por siempre sus sueños, siento indignación ante la inconciencia y el aberrante manejo de su nombre, mi General Bolívar. Porque si usted se nos fue joven, muchos fueron los siglos de sabiduría y amor demostrados por su Gran Colombia, hoy vejados por la ignorancia.

Por eso debo confesarle que ya no solo desenvaino la espada para desvanecerle esas pesadillas de rostros descuartizados por la guerra, que han perturbado tanto su reposo eterno. También levanto la espada porque soy intolerante, y aunque "el odio y la venganza no fueron las armas con las que combatí" en vida, ahora en este tiempo consecutivo a la muerte, están muy latentes. Y sí, mi amado Bolívar, aquí en esta atemporalidad puedo sentir odio, por esos despojos humanos con delirios de grandeza. Por quienes utilizan su nombre de Libertador como estandarte, tienen la osadía de cambiar la bandera y pisotean el concepto sagrado de nación que usted, Bolívar, creó. ¡Desgraciados, blasfemos, arrogantes, apátridas! Quisiera saber, ¿cuánta inmundicia puede contener dentro de sí un mortal para permitirse el sacrilegio de exhumar el cuerpo del Padre de la Patria y convertir su osamenta en superchería, en amuleto de brujos, en magia negra? ¿Quién ordenó la profanación de su cuerpo? ¿Quiénes con sus bajezas alteran mi cordura y logran alejarme del paraíso creado por sus besos y sus manos sagradas, libertarias de cada uno de los territorios de mi piel?

¡No puedo perdonarles! Solo deseo justicia y le juro que no descansaré hasta haber desterrado a sus enemigos a la isla más recóndita de los infiernos, muy distante de nuestra Patria. Recuerde mi Simón que soy Manuelita, su Libertadora "una mujer decente ante el honor de saberme patriota y amante de usted" por siempre. ¡Sabré vengar muy bien el pecado de haber interrumpido su glorioso descanso, querer aniquilar sus sueños, los sueños de miles, los sueños míos! ¡Quimeras benditas, brújulas de mis actos, pasiones que desbordan este amor que vive, pervive y nos une en este tiempo cuya medida es simplemente la eternidad...!

De la mujer que le idolatra, Manuela Sáenz

Miriam Montes Mock

Nació en Río Piedras, Puerto Rico en 1959. Estudió un bachillerato en Ciencias y una maestría en Comunicación Pública con especialidad en Periodismo, ambas de la Universidad de Puerto Rico, Recinto de Río Piedras. En el 2009 completó una Maestría en Creación Literaria con especialidad en Narrativa de la Universidad del Sagrado Corazón. Cultiva los géneros de la novela, cuento, poesía y ensayo. Algunos de sus escritos se han publicado en periódicos, revistas, antologías y blogs. Su primera novela, *Aquella manía de quererse en silencio* (editorial Divinas Letras), obtuvo el primer premio por mejor novela de drama en español, y otro por mejor primer libro de ficción en español (2014 International Latino Book Awards). Actualmente realiza estudios conducentes a un doctorado en Literatura de Puerto Rico y el Caribe en el Centro de Estudios Avanzados de Puerto Rico y el Caribe.

Remedios

Cuentan en su barrio que nadie sabe qué le picó a su madre para endilgarle un nombre tan santurrón.

Remedios parece uno de esos personajes tan odiosos como adorables. Tiene el dejo de los tiburones hembras. En realidad... no es tan mala. Es solo rabiosa. Rondando los sesenta años, mantiene la despreciable manía que exhiben algunas mocosas de empeñarse en ganar a toda costa. Así es Remedios. Por eso participa en competencias de natación y apuesta en su categoría con la resolución de vencer en todos los eventos.

Se prepara. Advierte sus contrincantes. Algunas tan viejas como ella. "Te voy a ganar", les espeta, con su cara despiadada. "Y más te vale que no intentes batir mi récord, porque te voy a echar un fufú". Así iniciaba sus amenazas.

Remedios tiene un catálogo de maldiciones. "A que te preñas", llegó a amedrentar a dos nadadoras para la época en que podía ocurrirles. Remedios intuía —ñoña no era— que ello hubiera significado, por razones diversas, un revés ante los planes personales de cada quien en el campo de aquel deporte. Entonces les ocurrió a dos contrincantes. Sí, se preñaron. A una tercera, el marido la dejó. Y otra de las competidoras que había osado ganarle uno de los eventos, perdió su trabajo y su casa.

Pero Remedios solo bromeaba. Aun así, sus amenazas se habían convertido en una curiosa turbación para sus rivales.

Emitía sus maleficios mientras gesticulaba con su rostro picudo. Abría grandes los ojos impenitentes, explayaba aquella boca pintarrajeada de anaranjado chillón repleta de dientes afilados, y articulaba palabras tan espinosas como contundentes. Dicen los que la conocían de aquellas competencias, que Remedios simulaba una tintorera hambrienta de botín.

Remedios se acomodaba la gorra, asegurándose de que cada pelito estuviera aplastado por la goma color plateada. Jamás nadaba sin embarrarse los labios del color de los atardeceres furiosos. Se colocaba los *goggles* en su cabeza refulgente y se alistaba, expectante, en la plataforma con el número del carril asignado. Desde su estrado clavaba una mirada desafiante a las contendientes cercanas. Entonces afincaba el pie derecho en el borde exterior del tablado, encorvaba el cuerpo hacia adelante, con la cabeza gacha, la adrenalina borboteándole bajo la piel y los miembros de su cuerpo convocados a consumar el acto que la consagraría, una vez más, como la más temible de las competidoras.

"En sus marcas... listos..." sonaba la chicharra que pregonaba el inicio de la carrera. Remedios se arrojaba a las aguas con la velocidad de una metralla. Se convertía en una fiera, en una posesa que tragaba fluidos y aire y así mismo los vomitaba, como impelida por un motor de propulsión a chorro. Movía de manera frenética sus brazos, caderas y piernas. No administraba sus energías con cautela, lo que se hubiese traducido en un ahorro efectivo de vitalidad. De haberlo hecho con alguna pizca de raciocinio, hubiera guardado parte de la bravura para el final de la carrera, con tal de auxiliarse con un segundo aire. Pero no. Su ímpetu era desquiciado. Remedios braceaba colérica, delirante, al punto de que en una ocasión, dicho por ella, "se me fue el espíritu". Ni aun así Remedios amainaba el paso. Pálida, nauseabunda y próxima al desmayo, la mujer indómita resistía su propia escaramuza. Por supuesto, ganaba la carrera. No se sabe de dónde adquiría tanto brío.

Entonces me sucedió. Recuerdo que me entró una comezón, como una punzada que advierte la validez de las irracionalidades. Porque en una ocasión, solo en una, me atreví a ganarle una carrera a Remedios.

Reconozco —es justo señalarlo— que todo monstruo marino tiene un anverso espléndido; así son las creaciones divinas, y Remedios tenía el suyo. Su voracidad abarcaba una determinación feroz por empinarse ante cualquier marejada que intentara arrasarla, a ella o a cualquiera de sus cachorros. La habitaba el arrojo, el desparpajo y el ingenio. Y se reía a carcajadas. Confiesa una de sus compañeras nadadoras —incluso lo jura— que hubiera escogido a Remedios para que la acompañara en la más espantosa de sus zozobras, siempre y cuando ella no figurara entre las rivales de aquella tintorera humana.

Aun así, aquel día me castigó el absurdo recelo a convertirme en presa de sus conjuros. Esa mañana me sobrevino el recuerdo de las maldiciones de Remedios.

Ocurrió un jueves feriado en que me eché a las aguas de mi playa adorada. Además de participar de aquellas competencias de natación, yo solía nadar en el mar. Allí practicaba la feliz costumbre de detener mi nado en uno de los extremos de la playa, justo en el arrecife de coral, para apaciguarme de la fatiga que me provocaba desplazarme con ímpetu entre las pequeñas olas y las corrientes marítimas. No era que yo me imaginaba que competía con Remedios... o con nadie. Aunque... tal vez sí lo hacía. Sin advertirlo, quiero decir.

En fin, que cuando se nada con vigor, el cuerpo está obligado a tomar un breve receso por aquello de serenar los latidos cardiacos y amansar la respiración. Entonces, al arribar a uno de mis puntos de descanso, me regalaba lo que más disfrutaba de aquel breve receso: jugar a que jugaba con mis amados peces amarillos.

Eran los peces más lindos de la playa del Escambrón; rubios brillantes con listas azul marino, gorditos y retozones. A veces aparecían con una manada de chirriquitines detrás de una mamá pez que los sacaba a ver mundo; al menos eso fantaseaba yo. Los avistaba desde mi naturaleza terrícola, consciente de que invadía el universo multicolor de aquellas aguas buenas.

Yo flotaba boca abajo, muy quietecita, y extendía mis brazos, absorta, como si me abrigara una sensación de asombro, mientras rogaba que alguno de ellos me rozara la piel. Era casi un ritual, una idiotez inofensiva. Lo cierto es que me provocaba una alegría infantil, de esas que busca uno repetir hasta alcanzar algún estado de beatitud (habrá sido esa inclinación contemplativa lo que me empujaba), si es que el elemento místico pudiera lograrse con tan solo sentirse niña. A saber. Pero nunca ocurría. Los peces amarillos nunca me tocaban. Sucedía, sin embargo, con los peces babosos del color de la arena. Cosquilleaban sobre los pies, como si me manosearan sin permiso. No eran esos los que quería que me acariciaran. Alguna fascinación tiene lo imposible, que nos empeñamos en alcanzar justo aquello que nos evade.

Pero aquel jueves mis peces amarillos no vinieron a verme. No estaban. Miré, con los *goggles* puestos, hacia todos lados. Pensé si se habían escondido entre las grutas de los arrecifes y las piedras. "Quizá sea la hora del día" también aventuré. "Tal vez el sol brilla más de lo usual y ellos tantean lugares frescos o penumbrosos". Me detuve en el arrecife amigo al cabo de mis brazadas usuales, una, dos, tres veces. Nada. Y yo no tenía explicación. Confieso, con un poco de vergüenza, que se me arrimó una tristeza como la de las nenas privadas de un regalo de cumpleaños.

Entonces me dio algo que se parece a los sustos misteriosos. Como cuando uno no cree y de repente cree, porque la evidencia es innegable. Justo cuando salía de las aguas, avisté una mujer con dos niños, al parecer sus nietos, conglomerados entre los arrecifes por donde viven los peces, aunque más cerca de la orilla. Allí estaban. Mis peces. Y la vi. A ella. A la bruja de los fufús.

—¡Remedios! —la llamé—. ¿Qué haces?

Volteó la cara y me abofeteó con su inconfundible boca atiborrada de anaranjado.

—¡Le estoy echando a los peces los *pancakes* que me sobraron esta mañana! —me respondió con un inusual tono inocentón.

Rodeándola, bailoteaban decenas de peces amarillos. Los míos. Los que me abandonaron para irse con ella, sí, con la arpía de los conjuros a la que yo también había desafiado. Ella se regodeaba de "mis peces" mientras yo rastreaba, sin éxito y con desconcierto, a los regordetes alimonados que tanto me alegraban la vida.

Sublevación literaria

Es más difícil matar un fantasma que una realidad.

Virginia Woolf

Escuché, incrédula, el apremio: "¡Muerte a la narradora!". "¡Sí, muerte!". "¡No la queremos!". "¡Sáquenla de nuestra historia!". Yo intenté... —¡por todos los santos literarios!— traté de explicarles que las expresiones de amor entre los personajes debían ser consistentes con sus naturalezas, pero ellos no me dejaban hablar y de repente alguien demandó: "¡Dignidad y justicia para los personajes!" y al cabo de nada, toda aquella turba de personajes comenzó a vociferar al unísono: "¡Dignidad y justicia para los personajes!".

Agucé las orejas y percibí la voz furiosa de Teresa. Sí, estoy segura de que era ella, con sus discursos filosóficos y su espíritu sindical. Me la imaginé roja de la rabia y rugiendo a más no poder, mientras articulaba sus argumentos. Dijo algo del amor y... no pude escucharlo completo, aún la multitud de personajes gritaba descompuesta. Y entonces poco a poco comenzaron a silenciar las voces, hasta que se oyó solo la de Teresa, ronca de tanto vociferar, como si impugnara a la autora desde una tribuna. Logré captar una de sus reprimendas, ¡cómo olvidarme! Dijo: "Tú que te las das de creadora de historias, no haces más que 'desbaratar' la belleza de los amores...". Y enfatizó la palabra "desbaratar", como para que yo no me olvidara de su cháchara. Entonces Teresa hizo un breve silencio; me pareció que buscaba la frase justa que quería decirme, y luego la articuló, despacio y claro. Dijo, "de los amores eternos".

Juro que no he podido dormir. Los lectores no tienen idea del poder de los personajes que una inventa. Sobre todo si les ha picado el gusanillo de la insurrección.

126

Le rondan por la cabeza mientras uno conduce el automóvil, friega los trastes o cocina. ¡Hasta sueña una con ellos! Pero lo que yo viví con una de estas subversivas, no miento, me provocó un acceso de taquicardia, delirio, vértigo, el miedo espantoso a morir; un patatús que casi me cuesta la vida.

Aquella madrugada me había despertado inquieta por culpa de Teresa. Admito que ese personaje se me había salido de las manos. Contrario a otros protagonistas que he construido, a Teresa le había dado con tomar un rumbo diferente del bosquejado. No solamente se negaba a acometer la historia concebida para ella, sino que aguijoneaba al resto de los personajes para que también se rebelaran contra su autora. ¡Contra mí! Y como si fuera poco, la muy desvergonzada comenzó a aconsejarme en mis asuntos personales. Que si "olvídate del que no te ha querido bien", que si "atrévete a experimentar el amor que deseas...", como si todo eso fuera así de fácil. Claro, ella lo dice porque ella... ella es un invento... las consecuencias de sus acciones se quedan en un papel y ya. Por eso puede darse el lujo de ser tan desquiciada.

No sé qué le ha sucedido a Teresa desde la publicación de aquella novela sobre los amores en silencio. En esa historia ella representaba a una mujer comedida, más sumisa que inmanejable... Pero ahora que ensayo relatar su vida, le ha dado con renegar de quien ha sido; ha querido convertirse en una desvergonzada, impulsiva e imprudente. Parece una *hippie*. No plancha su ropa. No se peina. Se ha tatuado un brazo. Hasta se descalza cuando le entran ganas. Y para colmo, ha ideado una suerte de teorías descabelladas para proponerme que le conceda una tregua en sus responsabilidades maritales. ¡Y con ese catálogo de disparates pretendía ella desvirtuar su existencia literaria y encima de ello, erigirse como mi consejera!

"Autora, tienes que meterte en mi mundo" sentenció, como si de repente fuera ella la más que manda y yo, su esclava blandengue.

Tanta machaca hizo una mella. No estaba segura si aquello se debía a una (bochornosa) debilidad de mi carácter. Reconocí (acaso fue mi error) que no había manera de descifrar tanto entuerto si no me embutía en los pensamientos incomprensibles de ese personaje.

Entonces ocurrió el resultante desastre literario. Los personajes (instigados por Teresa), optaron por rebelarse contra el relato que escribía.

¿Y qué hicieron? Pues se expresaron. Todos a la vez. Como un rosario de esos que resulta imposible identificar las voces de cada quien. O mejor dicho, ¡como una pelea de gallos! Yo miraba de un lado a otro sin poder siquiera atender a uno de ellos en particular. Era —no tengo otra manera de calificarlo— una sublevación literaria. Lanzaron quejas, argumentaron, algunos chillaron su indignación.

"¿Cómo es que vas a dejarnos sumidos en esta tragedia?", escuché a uno de ellos. Luego otro vociferó "¡Déspota! ¡Inhumana! ¡Mojigata!". Y antes de que se ahogara esa voz, alcancé a oír un furioso "¡Acuérdate de la película "Cinema Paradiso!". Entonces todos le hicieron eco "¡Sí!", exigían. Logré escuchar aquí y allá frases sueltas; yo intentaba armarlas pero no podía, era tanta la batahola, frases como "¡instante sublime!", y también... ¿cuál fue esa frase...? ¡Ah, sí!, "¡encuentros paradisíacos!". Y luego... "¡besos divinos!", y hasta me pareció escuchar *"freedom to love!"*. Uno de los personajes masculinos demandó "¡Queremos besos!". "¡Sí, queremos besos!", gritaron todos, o yo creo que todos, porque de inmediato oí la nueva consigna: "¡Besos, besos, besos, besos...!". Por supuesto, era demasiada aquella insurrección, yo ya no pude más y ordené: "¡No puede haber besos entre algunos de ustedes! ¡No puede ocurrir, tienen que enten...!".

Aquello fue un atropello. No me permitieron esbozar ninguno de mis raciocinios, ni siquiera...

Entonces Teresa se infló el pecho, alzó la barbilla, miró con la seguridad de los que se expresan sin remilgos, y esgrimió sus palabras como si articulara el sermón de los personajes, así me dio con llamarlo, claro, en alusión al Sermón de la Montaña del Cristo. El resto de los personajes asumió un mutismo solidario hacia su evidente portavoz.

"¡Bienaventuradas las concurrencias hondas! ¡Bienaventuradas las querencias que no se comprenden con el cerebro...! ¡Bienaventurados son los personajes que son libres para descubrir sus propios amores!".

Continuó con su discurso, ella, una suerte de cabecilla de la República de Personajes Mancomunados. Remató como si fueran los argumentos finales de un defensor.

"Nos negamos a someternos a tu visión ultra limitada de los mundos del amor...", sentenció en medio del mutis colectivo. Y continuó: "Ya es hora de que sueltes un poco las amarras de tus inventos. Sabemos que debes estar ahora mega asustada o... conociéndote, debes estar furiosa con nosotros, invocando a tu duende literario para que te saque de este enredo. Óyenos, autora, nada más danos una oportunidad. ¡Vamos! Si no te convencemos, entonces nos matas, que al fin y a la postre eres una experta matando personajes. Solamente te pedimos una oportunidad histórica. No sabes cuánta gente necesita creer en los amores imposibles, los que perduran a pesar del tiempo y los desencuentros. Nada más imagina la conmoción que provocaremos. ¿O se te olvida que la gente lee para perderse en un mundo que no es el de ellos? Acuérdate de ti misma. Nada más pasa revista acerca de las muchas veces que te sumergiste en un relato magnífico, y cómo se multiplicaron las endorfinas cada vez que protagonizabas escenas repletas de ternura con uno de los personajes de la novela. ¿Cómo vas a provocarles a los lectores una baja amorosa? ¡Ya tienen suficiente! Es más, inventa tus propias fantasías. Tú, que siempre te pones de heroína en las novelas romanticonas, que haces igual que la Allende y que Anaís Nin con sus escenas eróticas, vamos, ¡a que no te atreves!".

Con una verborrea como esa me abofetearon los personajes a través de "su portavoz".

Se me juntaron todas las explicaciones metafísicas, las teorías de vidas pasadas y los postulados literarios al intentar esclarecer la agonía que acababa de experimentar. Surgió, no me cabe duda, del laberinto en que se había convertido la novela romántica que hilaba. ¿Cómo controlar el rumbo que tomaban los personajes? ¿Cómo entenderlos? Y a mí... ¿Qué ansias secretas pugnaban por concretarse? Intenté transformarme en su terapeuta (¡y en la mía!), en una suerte de experta en la conducta humana. Leí sobre el tema en cuanto artículo aterrizaba en mi correo electrónico. Examiné libros sobre el fascinante tópico de la neuropsicología; sobre Freud y los juegos del cerebro; sobre las experiencias infantiles que trazan nuestras jornadas conductuales. Y, como una complicación adicional, me revoloteaban por las venas esos cuentos del otro... Borges, Cortázar y Saramago.

Lo cierto es que me encontraba maniatada, yo, la autora, convertida en un personaje más; pero lo peor, controlada por los propios protagonistas. Por supuesto que había leído *Niebla* y nunca olvidé aquella escena climática en la que uno de los personajes se rebelaba contra Unamuno y decidía continuar viviendo, pese a que su creador lo había matado. Pero esto era otra cosa. Mis personajes me mataban a mí. ¡A mí, la pontificia creadora de sus historias! Mis personajes, sí, los que yo había concebido a mi gusto y gana, de repente se antojaban de forjar sus propios rumbos, como si yo, la autora, fuera una mera firma en la portada de un libro. Necesité entrar en períodos de meditación, garabatear un poco con tal de que la respuesta apareciera, sorpresiva, entre las letras que amontono en mis reflexiones. Nada parecía salvarme de este entuerto.

En medio de ese atolladero literario y la absurda insubordinación de los personajes estaba cuando esa tarde me monté en el avión rumbo a Las Vegas, en un viaje de trabajo. Me habían asignado el asiento de la ventanilla, ese espacio mágico donde la soñolencia y el universo cósmico que se otea se confabulan para... Debió haber sido eso... Yo trataba de aprovechar unas breves horas de soledad para escribir, pero entre mis contradicciones, la porfía de mis protagonistas amotinados y el agotamiento, sucumbí al sueño.

Recuerdo haber volteado la cabeza para ensimismarme un rato en las nubes. "Tal vez la eternidad del panorama" pensé, "esa interminable cola blancuzca, alivie mi agobio". Entre sus transparencias, observé planicies del color de la grama fresca sembradas de puntitos de colores; de seguro miles de casas, carros y edificios. No era el desierto. Era otro lugar del planeta, con gente, vida y verdor. Y aquel sopor entre la somnolencia y el anhelo... Entonces me vi.

Era yo, pero era Teresa. Luego mi enamorado, que no era otro que el Gerardo de Teresa; ese personaje que se moría por expresarle un amor de siglos y que yo, la autora, no permitía... Quizá... quizá porque representaba al Gerardo del que yo... sin querer... No puedo explicarlo... Solo supe que experimenté un episodio tan sublime... y a la vez desconcertante...

Nos rodeaba una corriente bendita de energía, como si hubiésemos esperado un siglo para encontrarnos, porque ambos nos derretimos en un abrazo que no quisimos terminar. Los brazos de "mi enamorado" me rodeaban con fuerza. Sentí su respiración en mi pecho y hasta escuché su corazón latir con ímpetu. En medio de aquel instante de adoración entre nosotros, solté lo primero que me vino a la boca: "Te quiero". Fue un "te quiero" que me nació en las entrañas; eso parecía, y que dormitó, a saber por cuánto tiempo, hasta que la cercanía con aquel extraño amor lo despertó. Entonces advertí el cuerpo del hombre sollozar. Gimió un mundo de silencios, porque nunca emitió palabra; tan solo me apretaba contra su pecho con fuerza. Me acarició el pelo, me besó la frente, las mejillas, los ojos... mis ojos claros que ahora eran del color de la madera, como los de Teresa. Se despegó apenas unas pulgadas de mi cuerpo (que era también el de ella), y me cobijó el rostro entre sus manos. Vi una lágrima rodando por su mejilla. "¿Puedo?", me preguntó apenas imperceptible. Le respondí con la mirada, sin saber muy bien a qué venía su "¿puedo?". Mi repentino amante, que también se había tragado las palabras y las querencias, pedía permiso para demostrar su amor. Sentí su aliento en mi rostro, sus labios sobre los míos, y la caricia más dulce con la que me habían besado la boca. Fue un beso tímido, poderosamente suave y acogedor. Mi cuerpo entero se entibió. Un leve temblor me recorrió el torso. Ansié rendirme a su boca milagrosa, a esa manera insospechada de colmarme de ternuras. No me lo podía creer. Entonces deseé que nunca terminara el cariño inmenso con el que me estaba queriendo.

No medió ningún otro pensamiento. Tampoco hubo un tejemaneje, una pelea entre "lo haces" o "no lo haces"... ningún drama en el que decidía terminar para siempre con mi vida. O con mis personajes. No tenía sentido, en medio de aquella ensoñación maravillosa. O tal vez sí... La escena, ridículamente, cambió. Ahora estaba sola, Teresa no existía, y yo me miraba las uñas color violeta. Curioseé la llanura colorida y me dije: "Me lanzo". Así, sin saber por qué. Como si no estuviera consciente de que arrojarme a la tierra desde miles de pies de altura iba a resultar en el más abominable de los estremecimientos humanos: mi cuerpo dejaría de ser. Se convertiría en un espectáculo grotesco de vísceras, uñas y dientes desparramados entre pellejos amarillentos y sangre. Los míos. Y así, como burlando las leyes de la lógica y la razón, me abalancé al vacío desde la ventanita del avión, atravesando su cristal sin romperlo, sin escándalos ni aspavientos.

Evoqué la sensación de velocidad extrema en mi cuerpo, cómo olvidarla; un viento poderosísimo que me zumbaba al lugar de los puntitos multicolores, rápido, veloz, como si dejara de ser de carne y hueso y entrara a una dimensión inhabitada por los humanos cuerdos: el espacio que conduce a la muerte paradójica. Me lanzaba con los ojos cerrados, sin querer mirar hacia el lugar a donde me dirigía, sin poderlo controlar. Como un beso. Porque besar es también una manera de morir. Los ojos, cerrados; el cuerpo, dócil, sumido a la infinitud de un placer provocado por un impulso descomunal, ajeno al perímetro de las razones. Es un abandono sublime a otro mundo, una renuncia a los ambages, una concesión impetuosa, total y sacrificial, una rendición al universo privado e insondable de quien también muere con uno.

Pero aquello no era un beso. Yo me había precipitado al vacío. Me mataba. Me suicidaba sin remedio. Caería mutilada, despachurrada y desparramada en piltrafas de carne y huesos, sabe Dios, las entrañas de mi cuerpo salpicadas sobre los harapos de mis ropas. Quedaría irreconocible. "¿Qué es este jirón de pellejo amarillento? ¿Y esta melcocha roja?", diría algún curioso. Entonces encontrarían mis dientes, que se me habrían incrustado en alguna parte de la boca que no se deshizo, o mis uñas pintadas de violeta, y sabrían que era yo. Mi familia y mis amigos me llorarían. Todos los que me quieren sollozarían con una pena interminable. "¿Por qué lo hiciste?", gritarían entre hipidos. De repente advertí mi propia muerte, inducida por un beso; el beso que le negué a mi personaje

Teresa y que yo, incitada por ella misma, evocaba. O tal vez, el beso que yo misma me había negado y que saboreaba a través de la Teresa atrevida. Ella, la culpable de sonsacarme. Allí, en aquella caída veloz imposible de contener. Así fue mi casi-muerte. La conciencia de morir me detuvo. Pero, ¿cómo arrepentirme? ¿Cómo renunciar a lo humanamente imposible? Estaba a punto de colapsar. ¡Me moriría! El corazón se agitó con fuerza. Sentí el sudor de los que sufren. Por supuesto, esta cadena de pensamientos fatales ocurría en apenas segundos de mi vida-sueño. Y, como una reacción desesperada, angustiosa y visceral, escuché, para mi asombro, mi propio alarido salvador: "¡Teresa es un invento!".

Luccia Reverón

Nació en Puerto Rico. Su cuento "El letrero" fue publicado por primera vez en la Revista Añoranza en el 2008. Ese mismo año publicó otros cuentos en el periódico regional Todo Carolina. Como miembro del Colectivo Literario Vivir del Cuento, en el 2009, participó con varios cuentos en la Antología *Vivir del Cuento*; primera antología de estudiantes de creación literaria y en el 2016, publicó y fue coeditora de la *Antología de lo Extraño,* que recibió mención honorífica del Pen Club. Su primer libro, *Los molinos de doña Elvira* salió al mercado en el 2016. Ha publicado en revistas de la Universidad de Puerto Rico, Recinto de Aguadilla y en las antologías *Fantasía circense* y *Latitud 18.5*, antología de la maestría de egresados de la Universidad del Sagrado Corazón en Puerto Rico.

El ángel de otoño

Era muy de mañana y como de costumbre, don Toño, como le decían de cariño, colocó los cojines mugrientos en el suelo del balcón. Luego fue a buscar algo para desayunar. Colocó en la mesita el pocillo de aluminio y tomó el agua hirviendo, la echó en el colador mientras veía cómo bajaba suavemente teñida. Cogió el pocillo por el asa y mientras caminaba hacia el balcón, lo miró. El color del café le pareció un té. Dio un pequeño sorbo y asintió con la cabeza; sí, tenía sabor a té. Lo había colado con las borras del día anterior.

Puso el pocillo en el suelo y comenzó a ojear la revista "Puerto Rico Ilustrado" que había encontrado tirada en el zafacón de la panadería. La ojeó un rato, luego se levantó y fue a su cuarto. Sobre la mesita agujerada por la polilla estaba su lupa que siempre utilizaba para leer. Una sonrisa de satisfacción se reflejó en su rostro, plegando las arrugas como acordeón envejecido.

Sentado en el balcón pasaba el dedo por las líneas del artículo muy lentamente, y con la otra mano sujetaba la lupa. Estaba ensimismado leyendo cuando escuchó a doña Tere, la tía de su vecino José, que lo saludaba. Ella acostumbraba a pasar unos días en la casa de su sobrino durante el mes de diciembre. Pero esta vez, se había adelantado varios meses y había cargado con toda su mudanza desde Orocovis.

—¿Tan tempranito levantao, don Toño?

Entremedio de los tablones del balcón vio la figura regordeta de doña Tere.

—Buenos días. Dicen que al salir el alba los ángeles salen también, por eso me levanté temprano a ver si los veo.

—¡Ay don Toño! Y que hace usté creyendo en los ángeles.

La mujer se acercó. Puso las manos entremedio de los pilares de madera cubiertos por hongos blancos y verdes. Don Toño le observó las manos y el vestido. Sus uñas mostraban manchas negruzcas. La bata rosa, curtida y manchada, con solo dos botones al frente dejaba al descubierto un poco de piel que sobresalía bajo algunos de los imperdibles mohosos. Luego de observarla, le preguntó si quería un poco de café.

—No, gracias, ya tomé en casa de Marcela, de allá vengo.

—¡Tan temprano!

—Es que fui a buscar cordón para amarrar los pasteles. La nena llega esta semana y usté sabe lo mucho que le gustan.

—Sí —le respondió riendo—, el año pasao se comió los que usté me ofreció. ¿Qué le pasó que regresa tan pronto?

—Pues, usté sabe, no le gustó por allá, aunque yo se lo dije, no me hizo caso.

Ambos hicieron silencio por un rato; cada uno recordaba la conversación con sus respectivos muchachos. Luego él repuso:

—Eso mismo le pasó a mi sobrino, tanto estuvo hasta que lo mandamos a Nueva York y luego de unos días ya quería regresar, pero eso fue hace muchos años.

—Yo estoy contenta, pero la nena me hace mucha falta. Estos dos meses me han parecido años. De sorpresa le voy a tener los pasteles —se miró las uñas manchadas y añadió—: Esos guineos que me trajo José estaban bien verdes.

Al escuchar esto, don Toño se entusiasmó y comenzó a levantarse mientras le preguntaba si todavía le quedaban.

—Yo puedo ayudarle a mondarlos; si quiere me los trae o yo los busco, sin interés alguno... Es pa' que no se manche tanto las manos.

Tenía la esperanza de conseguir algo para comer en la tarde. Desde el día anterior lo único que había comido fue una punta del pan que el hijo del panadero le había dado. Sabía que de no conseguir nada, lo pasaría en ayunas.

—¡Ay, don Toño! Ya los pelé tos'... Si lo llego a saber... Ahora lo único que me falta por mondal son algunas yautías y papas, y eso no mancha. Cuando haga los pasteles le mando un pal de yuntas con José y le avisaré cuando llegue la nena, pa' que venga un ratito a compartil con nosotros.

—Claro, cómo no, me avisa —le respondió sin esperanzas y en voz baja mientras se sentaba nuevamente.

Doña Tere se despidió de don Toño prometiéndole que, si José le llevaba los guineos, se los llevaría para que la ayudara a mondarlos.

Ya eran las dos de la tarde y don Toño sintió que su estómago batallaba la peor de las guerras. Escuchaba el ruido de las vísceras como contraatacando el aire que había entrado a su estómago. Se levantó, fue a la cocina y buscó en los envases abiertos; todos estaban vacíos. Echó los potes en el zafacón enmohecido y maloliente. Cogió la lata de maíz y en ella encontró algunos granos sumergidos. Se los llevó a la boca. Sintió que tenían mal sabor. Rápidamente tomó del cubo un poco de agua y sin enjuagar la pieza de su vajilla improvisada, se llevó a los labios el frío metal de la lata, y bebió. Volvió a llenarla y mientras la bebía, miró por la ventana que estaba abierta en la cocina. A lo lejos vio pasar a José, que iba en bicicleta. Una esperanza se abrigó en él. Don Toño pensó que regresaba de llevarle más guineos a doña Tere. Sus pensamientos fueron interrumpidos por el llamado.

—¡Don Toño! ¿Está ocupao?

—¡No. Ya voy! —gritó desde adentro, mientras caminaba lentamente hacia el balcón.

Doña Tere traía en sus manos un caldero; lo sujetaba por las asas con unas agarraderas percudidas y manchadas por el tizne.

—Le traigo un caldito de pescao que acabo de hacer; está riquísimo. Tenga, pero tiene que cogerlo con cuidao, porque no tiene tapa y está muy caliente.

Don Toño se inclinó hacia el frente por encima de la baranda y agarró el caldero. Sintió que sus fuerzas se recuperaban con tan solo saber que tendría algo para comer. Le dio las gracias y le comentó:

—Hoy pensaba comer un pedacito de pollo que traje ayer, pero creo que esto no se puede desperdiciar.

—Si le gusta y quiere más, le puedo traer otro poquito. En la olla todavía queda más de la mitad. No le traje pan porque José se lo comió todo. ¡Ese hombre sí que come!

—No se preocupe, creo que esto es suficiente. Tengo todavía un poco del pan que compré ayer por la mañana.

El ruido del estómago amenazaba con delatarlo, tenía que controlar la impaciencia de las vísceras. Puso el caldero encima de la baranda del balcón. Se sobó el estómago mientras le decía:

—Creo que de tanto comer, algo me cayó mal. Deme un momentito, voy a vaciar el caldero para entregárselo.

—No se moleste, me lo da después. Voy a devolverle el cordón a Marcela. Si quiere, cuando pase de regreso me lo entrega.

Don Toño se fue a la cocina caminando despacio y con mucho cuidado. Observaba el movimiento del caldo. Pequeños círculos de aceite flotaban en el centro y alrededor del envase. Los que chocaban con el borde se alargaban, pero nuevamente recobraban su forma. Puso el caldero sobre la hornilla y lo contempló por varios segundos. *Los ángeles existen*, pensó. Luego enjuagó algunos envases vacíos y con sumo cuidado vertió en ellos el caldo, sin derramar ni una sola gota. Llenó un frasco mediano y el segundo, que llenó hasta la mitad, comenzó a beberlo con deleite. Sacó con una cuchara los pedacitos de pescado y se los llevó a la boca. Por fin comía algo sólido que no estuviera descompuesto. Tapó el otro frasco con un pedazo de papel estraza que colgaba de un alambre en la cocina. Enjuagó el caldero tomándolo por la esquina del asa con un paño mojado. Lo secó.

Estuvo sentado en el balcón por varias horas. Doña Tere no pasaba y ya se hacía de noche. Los grillos y las chicharras comenzaron el concierto. Don Toño trató de levantarse, pero casi no sentía las piernas. Medio inclinado, se apoyó en la pared y se dio varios golpecitos en las piernas. Comenzó a sentir como si cientos de alfileres le punzaran todos al mismo tiempo. Se quedó allí un rato, luego recogió el caldero y entró. Cerró la puerta pensando que mañana al salir el alba vería a doña Tere.

Armando Rivera

Nació en Guatemala, en 1964. Estudió historia en la Universidad de San Carlos de Guatemala. En 1995 obtuvo el premio Francisco de Vitoria, con el cuento "Los pasos de Caín". Mención honorífica en el Concurso de la Municipalidad de Guatemala, con el microrrelato "Ángel en la autopista" (2010) y "un niño ciego" (2012). Recibió la Medalla de la Fundación Artista del Año 2014 en el campo de las letras por su trayectoria literaria. Coparticipó en la elaboración de la antología *Las huellas de la pólvora (cuento de la guerra 1954-1996)*; compiló la antología *Guatemala. Narradores siglo XX*. Además, tiene publicados los libros de microrrelatos *utopía tras el farallón*; *comerciales para mi muerte, el mundo feliz de las cigarras ciclistas* y el libro de cuentos *37° al sur*. En poesía ha publicado, entre otros: *más allá del este, 7 nubes para un sombrero* y *18 estaciones para un final*. En literatura infantil tiene el libro *xalur, la niña que pintaba estrellas* y *Biografía ilustrada de Miguel Ángel Asturias*.

una incógnita del patriarcado
(fragmento de *un film menor*)

se despertó con esa sensación de vacío. la resaca cobraba su factura. la borrachera de anoche había sido cruel. al final bebieron de todo y discutieron de las cosas banales de la vida que, al calor de la embriaguez, se consideran importantes. tenía el paladar seco. no había querido abrir los ojos. ¿para qué? la luz se los lastimaría. pero la sed daba gritos en su garganta. por último los abrió y se percató que había alguien a su par. *puta madre*, pensó, *¿quién es?* los volvió a cerrar y trató, en vano, de recordar quiénes habían llegado a su departamento. entre amigos y colados, no podía imaginar quién estaba a su par. se dio cuenta que no tenía ropa interior. tragó saliva y se levantó despacio hacia el baño. cerró la puerta, se vio en el espejo. vio los estragos de la borrachera. se concentró en su ojo izquierdo; lo tenía del color de su madre, avellanado. parpadeó y vio su pupila derecha, que era oscura. ambos ojos estaban enrojecidos. sacó la lengua y vio que tenía ese color blancuzco de la deshidratación. tomó con la mano un trago de agua de la llave. se echó agua en la cara. vio su cuerpo. suspiró; los años pasan y pesan. tocó su sexo. recordó a la persona en su cama. *¿quién será?* no le puso mayor atención. se sentó en la taza y orinó plácidamente. antes de salir del baño y enfrentar el día, prefirió ducharse. puso el agua a temperatura y se metió bajo la regadera, la dejó correr por su cuerpo y la sensación de alivio fue hermosa. se quedó inmóvil durante unos minutos. recordó que la fiesta de anoche fue por sus 20 años de carrera. obtuvo cuando tenía 23 años uno de los galardones en la producción de documentales más importantes de la región. el premio se lo había dado por un pequeño corto de tres minutos y medio sobre el aborto. para ese momento, fue muy intrépido. desvistió a cinco mujeres embarazadas, las colocó en forma de punta de lanza a la orilla de aquel puente, cerca del pueblo de sus padres, en el área rural del país. atrás colocó a diez hombres vestidos, quienes lanzaban al vacío muchos preservativos sin usar. luego, desde atrás, alguien lanzaba un preservativo con forma de feto lleno de sangre artificial y se le veía caer por el precipicio, para hacer un corte y reenfocarlo en el momento que se estrellaba en una piedra con filo y toda la sangre manchaba el lugar. para luego volver al primer plano, donde colocó a los hombres desnudos cubiertos de sangre. sus tomas fueron arriesgadas, aéreas con primeros planos y *zoom* de perspectiva. ella fue la camarógrafa, quien se colgó de las vigas del puente de acero. se sonrió. *el aborto, una incógnita del patriarcado*. ese fue su *film debut*. con ese triunfó. puso a muchas personas en una posición incómoda. ahora, con 43 años, no recordaba quién estaba en su cama. salió de la ducha, se vio en el espejo, vio que conservaba el encanto. se lavó los dientes y observó su dentadura simétrica y ensayó una sonrisa. se puso crema en la cara. se quedó meditado frente al espejo, sobre todo porque no sabía quién estaba en su cama ni cómo llegó allí. desde su última ruptura sentimental se había impuesto un celibato que, obvio, no le quedaba y anoche lo había roto. salió en toalla y lo vio. no tenía ni la recoña idea de quién era. pero se miraba que dormía de forma placentera. suspiró. pasó a su lado. se sentó en la orilla de la cama. estiró sus manos, sacó un calzón del cajón del armario, se lo puso y decidió despertar al sujeto. "te debes ir", fueron la escuetas palabras que le dijo. el tipo abrió los ojos, intentó una sonrisa, pero ella repitió, "te debes ir". el hombre buscó su ropa interior, se la colocó debajo de las sábanas, con cierto pudor, mientras ella lo observaba con los pechos al aire. él intentó unas palabras. ella lo vio y le dijo un lacónico "adiós". el sujeto salió con la camisa a medio abrochar. ella cerró la puerta, vio los estragos en uno de los dos ambientes de su apartamento: colillas de cigarros, latas de cerveza, vasos vacíos y todo regado. parecía de esos cuadros posmodernos donde el caos es arte. se fue a la cocineta, atrás del desayunador. preparó un café y se puso a ver el horizonte desde el decimotercer nivel. el cielo jugaba con algunas nubes. en su teléfono buscó la aplicación de música y colocó el tema "me quedo" de javi martin y lo dejó de fondo como mil veces. la ciudad —a esa hora de la tarde— era un hervidero. pasó un buen rato meditando aparentemente en nada, pero en realidad pensaba en él. hacía un año y días que una mañana encontró una escueta nota sobre la almohada que decía: "me tengo que ir". al principio no lo buscó por orgullo. al cabo de unas semanas se percató que incluso había desaparecido de las redes sociales. ni visto ni oído. el mismo *facebook* se lo había tragado. se le escapó un suspiro largo cuando sonó el teléfono. ella regresó al mundo con el ring del móvil. "aló, te habla mike, ¿cómo estás?".

Aída Romero Herrera

Poeta y narradora tarmeña. Nació en el Departamento de Junín, Perú. Licenciada en Educación egresada de la Universidad Mayor de San Marcos. Participó en el Segundo Congreso de Creación Literaria en el Mundo Hispánico en Puerto Rico. Viajó a París invitada por la Revista La Porte des Poetes. Participa en el VI Encuentro Internacional Inés Arredondo en Guadalajara, México. Es invitada al XXX aniversario de la jornada del Cucalambé en Las Tunas, Cuba. En Loja, Ecuador, participa en el Encuentro Internacional de Escritores y Artistas. Ha impartido conferencias sobre ha historia peruana en diversas entidades culturales de California, Estados Unidos. Poemarios publicados: *Viviendo, Paisajes del Arco Iris; Mas allá del Olvido, Shapiama.* Cuentos: *Mi Duende, Los Cuentos de la Abuela Crisanta; La Historia que no nos contaron.*

Volveré

Yo volveré. No sé cómo, cuándo, ni dónde, pero volveré. Tal vez ya para entonces los mares sean nuevamente continentes y los bosques y valles desiertos. No lo sé, solo digo: tal vez, quizás.

Buscaré tu mirada entre las cientos que se crucen en mi camino y sabré reconocer tus ojos, esos ojos grises que tanto amo.

Juntos iremos a la luna y desde allí viajaremos a través del cosmos infinito, traspasaremos dimensiones y conoceremos nuevos planetas y a sus habitantes.

Me pregunto ¿cómo serán? ¿Serán verdes, rojos, amarillos...? Y sus ojos, ¿cómo serán sus ojos? ¿Como los nuestros, como los de los peces o como los de las moscas, que pueden girar a todos lados? ¿Y si son cíclopes? ¿Y cómo nos comunicaremos? ¿Tendrán habla o tendremos que hacerlo por telepatía? Bueno, sea como sea nos comunicaremos y tendremos contacto con ellos.

Conversaremos, haremos tertulia. Tú les cantarás tus poemas, yo les contaré mis historias. Por ejemplo, les diré cómo millones de años atrás, nuestro planeta era una enorme masa incandescente, como aquella que hace poco avistamos. Y cómo se fue enfriando poco a poco, hasta que aparecieron los primeros microbios que fueron evolucionando, dando así origen a toda la vida en nuestro planeta. Y cómo, al separarse las aguas, aparecieron los primeros continentes y, mucho tiempo después apareció la raza humana, que también tuvo que evolucionar por milenios.

También les contaré cómo el hombre creó la historia de Adán y Eva, y nos contaron que el Creador les entregó la Tierra diciéndoles: "Ordénenla, fructifíquenla y háganse señores de toda bestia que camine sobre ella". Astutamente incluyeron en el mandato a sus semejantes, basándose en el libre albedrío que les había dado.

Y, es así que, con esa su filosofía tan *sui generis*, comenzaron sus primeras riñas, por ejemplo las de Caín y Abel. Luego, las guerras de tribu contra tribu, pues cada cual quiso dominar al otro, apropiándose de sus tierras y riquezas, inventando para ello las armas más sofisticadas e inverosímiles, llegando en los últimos tiempos al extremo de matar a la gente por control remoto.

Sin consideración alguna bombardeaban colegios, hospitales; en fin, todo y a todos los que significaran un obstáculo para sus ambiciones. Se habían cegado de tal manera, que no se dieron cuenta que sus crímenes harían nacer odios tan terribles que terminarían en genocidios y lo que es peor; terminaron destruyendo al planeta.

"¿Y cómo es que lo hicieron?", nos preguntarán.

A lo que les contaremos que descubrieron que la Tierra guardaba en sus profundidades todos los minerales necesarios para su locura bélica y la escarbaron de tal manera que la dejaron vacía. Terminaron con el petróleo, con el gas y con todos los minerales que esta guardaba en sus entrañas, haciendo caso omiso a las advertencias de los científicos y ambientalistas. Y es así que cuando menos lo esperaban, ocurrió la catástrofe pronosticada: los tornados y huracanes se multiplicaron y acrecentaron de tal manera que las aguas de los mares se levantaron, produciendo maremotos que destruyeron todo lo que encontraban a su paso, y el cielo descargó sus aguas que todo lo inundaban. La tierra encolerizada despertó a sus volcanes, que además de vomitar fuego produjeron terremotos que la quebraron toda.

El planeta volvió a ser una masa incandescente como al principio de los siglos, repitiéndose nuevamente la fase evolutiva por millones de millones de años, hasta que una vez regenerado, la vida que se había encapsulado en metamorfosis latente abrió sus capullos y surgieron nuevas existencias, entre ellas el Nuevo Hombre, quien como todo, tuvo que evolucionar, apareciendo nuevos Adanes y nuevas Evas, que tuvieron que forjar sus propias historias.

Seguro que nos preguntarán: "¿qué pruebas tienen ustedes de ello?".

A lo que les contestaremos: "¿pruebas?". Ya sus arqueólogos y científicos se encargarán de encontrarlas. Por ahora confórmense con lo que nosotros les estamos contando.

No me mires con esa sonrisita que la conozco bien; sé que no me tomas en serio y que llevas a la chanza todo lo que digo. No importa, cariño; déjame soñar y procura soñar conmigo, que nada te cuesta.

¿Acaso no sería extraordinario volver? Sí, volver más evolucionado humanamente, para no repetir esta nuestra terrible historia de destrucción.

¿No crees que el Creador en su infinita bondad quiera darnos una nueva oportunidad? ¡¿No?!

Yo sí quiero creerlo, y quiero volver y buscar tu mirada entre las cientos que se crucen en mi camino y encontrarte, lo quieras o no.

Sí, ríete, ríete, pues yo solo digo: Tal vez, quizás, acaso a lo mejor...

Además, tú bien sabes que me encanta tu sonrisa.

Marú Ruelas

Nació en Guadalajara, Jalisco, México, en 1978. Maestra en Estudios de Literatura Mexicana y Licenciada en Letras Hispánicas. Es profesora certificada de la Universidad de Guadalajara y Analista de Comunicación en el Gobierno del Estado de Jalisco. Tiene publicado el libro electrónico *José Emilio Pacheco ante la heteronimia. El lado apócrifo del autor* (2010). También ha publicado ensayos literarios participando en antologías, suplementos culturales y revistas locales. Es editora de la revista *Aportes Académicos P5*, de la Escuela Preparatoria No. 5 de la Universidad de Guadalajara, actividad que complementa con la impartición de un Taller de Periodismo para estudiantes de bachillerato.

Cenicienta y su cuento

Y al final del arduo día, después de hacer todos sus quehaceres, nadie adivinaba por qué Cenicienta sonreía con aquella mirada esquiva y lasciva.

Su noche anterior sería un misterio para sus hermanastras. Guardaría su secreto en la yema de sus dedos, en la punta de su lengua, en el recuerdo del profundo suspiro y el resoplo húmedo en el pabellón de su oreja; en la memoria de una piel erizada y unos párpados cerrados.

Y recordaría al contemplar los ásperos estragos del día a día que habitaban en las palmas de sus manos, el cúmulo de sensaciones que suavemente habrían recogido en su camino de ida y de vuelta por la llanura de la espalda del Príncipe, en medio del vahído momentáneo que hizo de esa noche eterna.

Y el silencio sería su mejor aliado, su mayor confidente. Nadie sabría nunca su más íntimo pensamiento. Y no era precisamente el final feliz, porque ella sabía de sobra que los cuentos de hadas no existen. La realidad la había aprendido de la escoba y el trapeador.

No, Cenicienta no era de esas. Jamás pensaría en la zapatilla, ni el baile de salón, ni en el blanco vestido ampón y ornamentado, mucho menos en el para siempre sin final. Sus aspiraciones iban en otro sentido. Ella era simple para algunos e irreverente para otros, por el solo hecho de no depender de nadie y de buscar la felicidad en ella misma, en las cosas tangibles, reales y ciertas. Cenicienta era una mujer plena, entera, decidida y sin tapujos, que tan solo había tenido una noche de pasión y le había dado ya vuelta a la hoja. Porque ella era ella, con o sin Príncipe. Así de simple era su cuento.

Sandra Santana

Nació en San Juan, Puerto Rico. Actualmente cursa estudios en el programa doctoral de Estudios Hispánicos de la Universidad de Puerto Rico, Recinto de Río Piedras. Coautora del libro *Vivir del Cuento*, la primera antología de estudiantes de la maestría en Creación Literaria, publicada en enero de 2009; *Mundillo*, autoras de Puerto Rico y Argentina, 2014 y *La ruta del cuento*, 2015. Sus cuentos y poemas han sido publicados en varias antologías: *Fantasía Circense*, 2011; Revista Inopia, vol, 1 y 2; *Jíbaro Soy*; *Micrófono Abierto* (poesía); *Di lo que quieres decir*, antología de siglemas (poesía), 2015, 2016 y 2017; *Latitud 18.5*, antología de la primera década de la maestría en Creación Literaria, publicada en diciembre de 2014; *No cierres los ojos*, antología de horror y terror, publicada en octubre 2016; *Alma y Corazón en Letras* (poesía), Del Alma Editores, Argentina, 2017; *Poetas intensos*, 2018. Su primera novela será publicada próximamente.

Los viernes

Lola

Despertó contenta. Desde hacía varias semanas, el viernes se había convertido en su día preferido. Enderezó el cuerpo agarrotado, volvió a encogerse y con movimientos lentos y trabajosos, logró sentarse. Estiró la mano y agarró las galletas dulces que le servirían de desayuno. Les sacudió las hormigas y comió con avidez. Se arrastró hasta el lío de ropa. Se puso el pantalón y la chaqueta que encontró en el bote de la basura, donde siempre encontraba piezas en bastante buen estado. No quería contrariar con su apariencia a la clienta de la gasolinera. Sonrió al recordarla.

Tan bonita, siempre tan elegante y simpática. La única que conversa conmigo y no me sermonea. Tampoco hace gesto de asco cuando me acerco. Y junto con el peso me da una sonrisa y los dientes tan parejitos le brillan de blancos.

Bajó los ojos, avergonzada. Hacía mucho tiempo no sabía lo que era cepillarse los dientes. Pero con la clienta se le olvidaban por un momento sus miserias. El viernes anterior conversaron sobre la pobreza y las necesidades de las mujeres en el país. *Tan bonito que habla, muy correcta ella, y como que canta al hablar, como si fuera una artista.* Y lo mejor era que la dejaba opinar. Eso la dejaba con una sensación de felicidad que le duraba un buen rato, y luego, cada vez que podía, echaba mano del recuerdo, y sonreía.

Comenzó a desesperarse. El cuerpo le exigía la cura de la mañana. En varias ocasiones había intentado bajar las dosis, pero era imposible. Por el contrario, necesitaba cada vez más. Se incorporó con dificultad y salió del cuartucho, directo al punto de drogas, unas cuadras más adelante.

Hoy voy a preguntarle qué opina de eso del calentamiento global. De eso hablaba aquel señor ayer en la televisión de la gasolinera. Lo cierto es que hace un calor del demonio, y estamos en noviembre. Para mí, que el mundo se está acabando.

El encargado del punto le dio el bolsito con la droga, con la amenaza de siempre: tenía que regresar a pagarle pronto, o si no, le iría muy mal. Se fue lo más rápido que pudo, agarrándose los pantalones para que no se le fueran a caer. En la casa abandonada que servía de hospitalillo, buscó en el suelo lo que necesitaba. Le quitó un poco el polvo a la cucharilla, vertió el contenido del sobre y la calentó por debajo con el encendedor hasta ver el líquido que le hacía brillar los ojos. Luego aspiró el contenido con la jeringuilla. Esperó unos segundos y se inyectó con torpeza en el espacio más despejado que encontró en el brazo izquierdo. Suspiró aliviada al sentir cómo se le calentaba la vida desde adentro. Con paso vacilante, se dirigió a la gasolinera. Tenía que aprovechar cada segundo antes de que le subiera la nota y comenzara a flotar.

Al llegar a la estación, sintió cómo se le adormecía el cuerpo. *Demasiado rápido el efecto esta vez.* Pero se sentía tan placentero, que no opuso resistencia al sueño que la hizo caer cerca de una bomba de gasolina. Escuchó el ruido del auto que se acercaba, pero no pudo moverse. De inmediato, sintió todo el peso del mundo sobre el pecho. Una sensación no muy distinta de la que experimentaba cada día de su vida desde hacía tantos años, con excepción, últimamente, de los viernes.

Ada

Llegó a la oficina casi arrastrándose. Todo el cansancio de la semana le explotaba el viernes. A sus compañeros de trabajo les renacía la vida y no hallaban la hora de salir para ir a divertirse. Para ella, en cambio, era el día más pesado. Solo deseaba que terminara pronto para llegar a la casa y descansar. Claro, solo por unas horas porque el fin de semana la esperaba el trabajo doméstico, que nunca tenía fin, la visita a los padres y las prácticas de pelota de su hijo, además de las exigencias del marido, demasiado irascible últimamente.

Al salir del trabajo, la única parada en el camino la hacía en la estación de gasolina Tex-Oil. Fue allí donde la vio por primera vez. Era una drogadicta, de baja estatura, casi en los huesos y muy desaliñada. Caminaba con dificultad, sin despegar los pies de la tierra. Imposible calcular la edad de tanta miseria junta en un solo cuerpo. Pero tenía una sonrisa cálida, a pesar de la escasa dentadura en tan mal estado. Ella también le sonreía, y le ponía algún tema de conversación mientras llenaba el tanque. Las últimas veces la notó más animada, y hasta se mostró ingeniosa. Tenía ideas muy radicales sobre algunos temas; como cuando hablaron sobre las mujeres en el país. Decía que todas debían unirse y derrocar al gobierno de machos que no hacía más que maltratar y abusar como les daba la gana. "Somos mayoría" decía, "pero no lo hemos entendido". Sonrió con pena al pensar en la pobre mujer. *Tal vez no tan pobre. Por lo menos ella es consciente de su situación, y de la de todas las demás.*

Miró las pulseras de colores llamativos. Al llegar a la estación de gasolina se las quitaría. No quería contrariar con sus adornos a la amiga, como la llamaba para sí.

A la hora del almuerzo, en el comedor de la oficina, un reportaje en la televisión la consternó. La noticia reseñaba que habían arrollado a una mujer en la gasolinera Tex-Oil, en horas de la mañana. El conductor se dio a la fuga. Se supo que se trataba de una usuaria de drogas que pedía dinero en el lugar, pero nadie había acudido a identificar ni a reclamar el cuerpo. Ada dejó el plato y regresó a su escritorio. Trabajó en silencio toda la tarde.

Al salir de la oficina, se detuvo en la gasolinera. Pagó y se dirigió a la bomba, como una autómata. Miró alrededor mientras llenaba el tanque. Todo estaba como siempre. Nadie parecía percatarse de la ausencia de un cuerpo, ni de la miseria que en su lugar seguía creciendo.

Un viernes triste, pensaba mientras conducía hasta su casa. Se sentía oprimida. No era la primera vez que tenía esa sensación, como si cargara en el pecho todo el peso del mundo.

Libre

Entró y se detuvo frente a la puerta. Observó el lugar y se acomodó en una silla. Se le notaba agitado y respiraba con dificultad. Lydia lo saludó con una sonrisa que intentaba ocultar la aprensión que le causaba aquel visitante. Terminó de peinar a la última clienta y se dirigió al hombre.

—Hola, Gil. ¿Cómo has estado?

—Bien —la palabra entremezclada con un bostezo.

—Veo que tienes hambre; yo también. Iré a buscar algo en la cocina. ¿Viniste para un recorte?

—Sí —con un ligero titubeo.

—Bien, vuelvo enseguida —iba rezando el Padre Nuestro en un murmullo.

De regreso trajo dos platos de sopa caliente, galletas, jamón y queso. El hombre devoró todo en unos segundos. Le brillaban los ojos al terminar de comer.

—Gracias —sin mirarla a los ojos.

Mientras le lavaba el cabello, seguía rezando. A Gil, en cambio, los recuerdos se le presentaban atropellados.

Había salido de la cárcel hacía tres meses. Estuvo preso cinco años porque le vendió mercancía robada a un agente encubierto. El tiempo en prisión... no quería recordar. Se movió inquieto en la silla.

—Terminamos. Vamos a recortarte.

Ya en la silla, Gil miraba con insistencia las tijeras en la mano de la peinadora.

—¿Y cómo has estado? —con una naturalidad fingida.

Todos conocían la vida de aquel que en otro tiempo sembró el terror en el barrio con sus robos constantes. En ese momento, Lydia se recriminó el haber montado un salón de belleza en su propia casa.

—Bien hasta hace poco —se le notaba la amargura en la voz. Respiró profundo y enderezó la espalda.

—Ponte en las manos de Dios, Gil. Verás cómo las cosas mejoran —lo decía con una profunda convicción espiritual.

El hombre cerró los ojos y echó la cabeza hacia atrás.

—Cuando volví al barrio encontré todo tan cambiado. Los amigos se han alejado, la gente me mira diferente. Es como si tuviera lepra —murmuró, casi escupiendo las palabras—. Don Leoncio me dio trabajo en el colmado. Ya sabes, no terminé la escuela y empecé a usar drogas y a robar tan joven, que aparte de eso no sé hacer otra cosa. Pero él es un hombre bueno y me quiso dar una oportunidad. Y yo, de verdad quería reformarme. Trabajaba con esmero. Limpiaba, recogía, hacía los mandados, todo lo que me pedía. Y el don estaba muy complacido con mi labor. Además conversábamos mucho; él también se sentía muy solo. Todo iba bien hasta que el hijo llegó, no sé de dónde carajo. ¡Perdón! —abrió los ojos y se enderezó nuevamente.

—¿Y qué pasó?

—Pasó que el hijo es un nebuloso. Se las da de gran señor, pero es, ¿cómo le llaman a esos? Ajá, un pillo de cuello blanco. Pero dentro de poco pasará a ser un arrastrao, va derechito por ese camino.

—¿Cómo te diste cuenta?

—Es que empezaron a faltar cosas. Un día, don Leo me preguntó si había visto su reloj, otro día me preguntó por un cuadro, y así, cada día le faltaba algo al viejo. Hasta que un día empezó a desaparecer el dinero de la caja. ¿Adivinas de quién sospechó el don?

Lydia lo miró, sin atreverse a contestar.

—De mí, claro, y me despidió. Trató de disimular. Dijo que las ventas habían disminuido y que no podía seguir pagándome un sueldo; que cuando mejoraran las cosas me llamaría.

A través del espejo le pareció ver la duda en los ojos de la peinadora.

—Te juro que no fui yo, Lydia. Te lo juro por mi madre —su voz exaltada denotaba un gran coraje—. El viejo se va a dar cuenta de eso cuando le siga faltando el dinero. Va a tener que aceptar lo que hasta ahora no ha querido. Ese hijo es peor que yo, porque yo nunca robé en mi propia casa —exclamó furioso.

Respirando con dificultad, continuó.

—Después de eso, nadie ha querido darme trabajo. ¿Quién quiere a un exconvicto en su negocio? ¿Y de qué diablos voy a vivir? Ay, perdón. Ni en el caserío donde vive Mami me quieren. No hay camino, ni siquiera volver al punto porque ya estoy "quemao". ¿Qué me queda? —susurró compungido.

—Cálmate, Gil. Verás que con la ayuda de Dios todo se arregla —y dicho esto, comenzó a darle un masaje en el cuero cabelludo para que se relajara.

El hombre se quedó dormido. Soñó con la primera caminata que dio después de que salió del presidio. Fue en la calle Las Palmas que lo vio. ¡Un perro muerto! Pero no era un perro muerto común y corriente. Se veía que lo habían matado hacía muchos días porque estaba reventado. Una varilla le atravesaba el cráneo. Tenía el hocico abierto en una mueca terrible y todos los dientes afuera. Era el cuadro de un grito aterrador, detenido en el tiempo. Se detuvo a observarlo y no pudo evitar sentirse triste.

¿Quién pudo haber sido tan cruel? ¿O sería que lo engancharon así para sacarlo de la calle y dejarlo tirado en la acera? se preguntaba. Más que el hedor insoportable, la visión tan grotesca lo impresionó. Un hombre como él, que creía haberlo visto todo, se sintió impactado en gran manera por aquella imagen.

Pasaba con frecuencia por allí y observaba los progresos de la descomposición. La varilla cayó cuando ya no había carne para sostenerla. La lluvia se encargaba de vez en cuando de barrer poco a poco los restos del pelaje canino.

A menudo se sentía como aquel animal. Atravesado por el vicio, sin amigos ni trabajo; más muerto que nunca, ahora que era un hombre libre. Despertó agitado. Solo habían transcurrido unos minutos, pero se sintió como si hubieran pasado muchas horas. Lydia estaba leyendo la Biblia. Se levantó y le quitó la capa plástica.

—Te quedaste dormido, no quise despertarte.

—Ah, gracias.

Se tocó los bolsillos, pero no llevaba cartera.

—No te preocupes, cuando consigas trabajo...

Gil la miró avergonzado.

—¿Has pasado por la calle Las Palmas últimamente?

—No. ¿Por qué?

—Por nada.

Le hubiera gustado quedarse allí. En aquella casa se respiraba paz. Sacudió la cabeza y sonrió con ironía.

—¿Sabes? Yo vine para asaltarte.

Ella sabía; lo había percibido desde que lo vio entrar. Aun así, lo miró compasiva.

—Gracias —se despidió con apenas un susurro, la cabeza baja.

Se marchó entre aliviado y aturdido, porque por primera vez en mucho tiempo se había sentido como un ser humano. Iba animado, tarareando el coro religioso que escuchó en el salón de belleza. Sentía un cierto grado de euforia y de pronto se le ocurrían planes para el día siguiente. Al pasar cerca de la casa que compartió con su mujer antes de que lo encarcelaran, se sintió rabioso otra vez. Nadie quería alquilarle ni siquiera un cuarto. Por supuesto, todos sabían que no tenía con qué pagar. En la esquina de la parada 18 vio a un hombre que buscaba clientes. No pudo evitar pensar en su compañero de celda.

Le fastidiaba el pensamiento. Escupió con fuerza, como queriendo sacarse de adentro el recuerdo que lo marcaba aun más que el tatuaje que llevaba en su espalda.

Continuó su camino rumbo al puente de Miramar, donde compartía con otros tres amigos de la calle. Pasó a propósito por la calle Las Palmas. Ya casi no quedaba nada del perro.

Nery Santos Gómez

Escritora venezolana, naturalizada estadounidense. Licenciada en Relaciones Industriales (Universidad Andrés Bello, Caracas) y Máster en Creación Literaria (Universidad del Sagrado Corazón, Puerto Rico). Obtuvo el título de Writing Consultant del Borinquen Writing Project y formó parte de la junta directiva de la Cofradía de Escritores de Puerto Rico (2013-2014). Es miembro de número de la Academia Colombiana de Letras y Filosofía. Ganadora de varios concursos internacionales de literatura como Ediciones Literarte, Argentina, 2013; Antología Palenque, Premio Pen Club de Puerto Rico, 2014 y Premio Internacional de Narrativa Femenina Bovarismos, Miami, 2014. Dos de sus relatos hacen parte del cortometraje *Afecciones*. Publicó su primer libro de cuentos *Hilandera de tramas, historias escondidas* en el año 2012. Y *Lazareto de Afecciones* en el 2018. Actualmente prepara *Al borde de la decencia*, un tercer volumen de relatos.

Osadas orquídeas

Es mejor viajar lleno de esperanza que llegar.

Anónimo

Voy contento hacia tu casa, Esperanza. Mi bolsillo está lleno de posibilidades. Llevo una carta que, como filigrana, teje mis palabras repletas de pretensiones destinadas a romper mi silencio. Me detendré a comprarte flores. Hoy no serán trémulas margaritas. Me siento osado; esta vez te compraré una orquídea parlanchina, de aquellas que me hacen imaginarte mostrándome tus partes más íntimas. De seguro esta flor te susurrará que eres el objeto de mis delirios.

También cargo los ingredientes para prepararte unos mejillones en una salsa exótica. Repaso mentalmente la receta. Echaré los mariscos en agua tan hirviente como mis deseos. Veré cómo las conchas se abren. ¿Será que tus labios se abrirán también al sentir el roce de mis manos tibias? Verteré un poco de vino tinto para que borre las inhibiciones. Sazonaré con pimienta traída de Bali para que nos dé chispa. Muchas gotas de limón. Imagino tu cara contorsionándose por la acidez. Esas muecas serán evidencia de que bordeas el placer. Todo estará en la olla cocinándose al vapor, revolviéndose al ritmo del fuego para que cuando la destape, el aroma despierte tu apetito dormido recordándote cuán viva estás. Pienso y las baldosas cambian.

Faltan dos cuadras para llegar a tu casa. Me detengo. Hay siete metros de la puerta a tu alcoba y dos centímetros de tu mejilla a tu boca. Continúo la marcha. Sigo de largo. Esta vez no le haré caso a los reclamos de mi orquídea. ¡Ay, si tuviese la mitad de la audacia de la flor que llevo!

Depresión

Todo comenzó con el tránsito del pesado Plutón sobre mi Mercurio natal. Siempre comulgué con ese estado nostálgico y opresivo, pero fue entonces cuando explotó como una granada. La oscuridad azulada del hoyo donde caí lleno de metralla cósmica se tornó perfecta, por lo que seguí cavando, hundiéndome en el desánimo y la misantropía total.

Me tendiste tus sensuales manos, olorosas a cebolla y perejil, logrando lo que no pudo el ajuste de la dosis, la psicoterapia o la gestalt.

Con los ojos entrecerrados para evitar encandilarme, te sigo con hambre nueva.

Yo, el fisgón de doña Elena

Estaba apoyado en una curva rocosa que me dejaba observar la trastienda del restaurante de doña Elena sin ser descubierto. Me situaba en mi escondite desde temprano en la mañana. La veía amasando el pan con sus brazos fuertes. Sus manos grandes y morenas se hundían en la masa blanca, moldeándola, mientras con el sudor de su frente condimentaba la mezcla. El esfuerzo la hacía resoplar por sus narices anchas, y sus mejillas rubicundas se inflaban y desinflaban como un globo. Cuando terminaba, se lavaba las manos en la cubeta. Sus dedos como en racimo, iban desprendiéndose de la masa hasta quedar lustrosos como el guineo desnudo. Caminaba entonces hacia la hoguera prendida y su bata medio mojada dejaba entrever unas formaciones pronunciadas. Elena no era como esas señoritas cursis, que usaban ropa apretada para formarse la silueta. En ella, las curvas eran anchas e invitadoras, sin necesidad de subterfugios.

De repente, su hijo pequeño entró corriendo con los zapatos embarrados, violentando el piso recién pulido. Doña Elena comenzó a gritarle. Su hijito asustado se guindaba de sus piernas —a las que su cuerpo abovedado hacían parecer delgadas— y parecía que jalaba los cordeles de un campanario. De su cuerpo redondo parecían brotar sonidos que repicaban en eco sobre la pared de piedra en la que me apoyaba a lo lejos.

Doña Elena siempre tan hacendosa, se disponía entonces a hacer realidad el menú de la cena. Perseguía a un pollo sin suerte. Certera y astuta como era, escogía al más gordo y distraído. Lo iba ahogando lentamente entre sus versátiles manos, mientras le cantaba una canción de amor. El pollo caía rendido a sus pies, tal y como estaba yo. Y así mismo, yo pasaba toda la tarde soñando con hundirle los dientes a los muslos de aquel pollo moreno, regordete y sudoroso.

165

De mangos y mujeres divinas

Camino desprevenida por la calle, hasta que un piropo me hace sonreír:

—Mamita, estás más divina que manjar de mango.

Sonrío porque recuerdo.

Recuerdo que el mango es mi fruta favorita y también la de mi padre y la de mi sobrina. Los puedo ver como si fuera ahora mismo: él fileteando mangos en rebanadas para luego cuadricularlos hasta lograr una deliciosa figura geométrica, lista para degustar. Y ella, la niña de la casa, esperando ansiosa, como una pequeña figura decorativa. Una muñeca sentada encima de la mesa, rodeada de abundante fruta coloreada de anaranjado, amarillo, rojo granate y verde, que hacen contraste con sus bucles negros. Tirabuzones que se mecen cuando ella mueve la cabeza con placer. Veo sus manitas embadurnadas de la jalea amarilla. Sus cachetitos chorreados con el jugo dulzón. Cómplices disfrutando el mango como si fuese manjar de dioses.

"Manjar de dioses", dice el padre de mi amiga a la hora de la cena cuando nos sirve una rebanada de mango. Me impresiona que él se coma la concha. Al llegar a casa, le pregunto a mi papá:

—Papá, ¿la concha del mango se come?

—Bueno hija, eso depende del hambre que uno tenga.

El hambre que uno tenga se apacigua con un buen mango. Hay tantas variedades: de hilacha, que está lleno de fibra o el pequeño y pintón. Puede ser grande y carnoso, al que llaman "manga de injerto". Dulces y jugosos, como el mango melocotón o más secos pero no menos sabrosos, como el mango "bocao". Hay a quienes les gustan verdes: con sal, limón o chile picante. En la India, la semilla se seca al sol para luego molerla en un polvo llamado *amchoor*, que se usa como condimento y que le da a la comida india su sabor único y picante. El mango da para todos los gustos... en tantas variedades.

En tantas variedades, que me hace pensar en las mujeres, pequeñas o grandes, fibrosas o secas, dulces o picantes. Y al pensar en las mujeres pienso en mi madre, en mis hermanas y en mis amigas.

Mi madre, mis hermanas y mis amigas, todas amparándonos del sol en la frescura del árbol de mango. Unas acostadas entre las raíces, otras sentadas. Los racimos cargaditos, que se desprenden solos cuando batimos sus ramas más bajas, caen como regalos. Nada se pierde: una iguana atrevida y un pájaro valiente saborean los estropeados por la caída y nosotros reunimos los más bonitos, los de aroma penetrante y los que tienen los colores más llamativos en una montaña de abundancia. Celebramos entre risas: hincamos nuestros dientes en la concha dura, que cede condescendiente para brindarnos toda su carne embriagante y empalagosa, nutritiva y opulenta. La femineidad en un derroche fértil junto a la fruta divina bajo el árbol protector.

El árbol protector que prodiga la fruta, es un árbol admirable. En la época de sequía es cuando se realiza la maduración. Él provee cuando otros árboles frutales desfallecen. Es tan noble que no necesita riego y resiste mejor que cualquier otro árbol a los incendios. Pero cuidado, es un árbol agresivo con otras especies para ocupar un espacio determinado. El árbol de mango parece inspirado en la tenacidad y capacidad de lucha de muchas mujeres cuando las situaciones lo requieren.

La situación requiere que le conteste al "piropero":

—Sí, usted tiene razón: somos más divinas que manjar de mango.

Patricia Schaefer Röder

Nació en Venezuela, vivió en Alemania y EE.UU., y desde 2004 en Puerto Rico. Ha recibido premios nacionales e internacionales, como el Primer Premio en narrativa del XX Concurso Literario del Instituto de Cultura Peruana en Miami, EE.UU., por su cuento "Ignacio". Sus cuentos y poemas han aparecido en muchas compilaciones, como *Crónicas de María: voces para la historia* 2018. En 2010 publicó *Yara y otras historias* y en 2014 *Siglema 575: poesía minimalista* (Scriba NYC). Desde 2015 organiza el Certamen Internacional de Siglema 575 "Di lo que quieres decir" y edita la antología con los mejores poemas del concurso. Entre sus traducciones literarias destacan las novelas *El mundo oculto* de Shamim Sarif (Scriba NYC 2016); *El sendero encarnado* de Amanda Hale (Verdecielo 2008); *Mi dulce curiosidad* de Amanda Hale (Scriba NYC 2017) y los libros infantiles *En sus manos* de Kikki Mattocks (Author House 2011) y *Mi cumpleaños de suerte*, de Keiko Kasza (Norma 2017).

La sirena

La sirena divisó su playa a lo lejos. Seductora, rozaba el cuerpo entre las olas, posándose en la misma roca. Una vez más, cantaba enamorada. Entonaba notas mágicas que poco a poco se colaban entre mangles y palmeras, entre almendros y uveros, pasando traviesas por veredas y senderos, hasta la aldea de pescadores. En la oscuridad, la luna aún dormía como la gente del pueblo. La sirena cantaba y cantaba, segura de que pronto vendría a hacerle compañía. Su melodía dulce al fin tocó los oídos justos, que la esperaban cada mes con ansias y al mismo tiempo con tanta serenidad. Musitaba mirando la orilla, anhelando que apareciera. Entonces sucedió. Con la salida de la luna, una figura caminaba por la playa, comenzando a arrojar una leve sombra sobre la arena, mientras se acercaba al borde del mar. La sirena sintió el corazón latir más fuerte y en medio de su canto, la sonrisa se volvió más amplia. Había venido. Finalmente, la figura entró en las aguas, dirigiéndose hacia ella con la placidez de quien se reconoce en un espejo. La sirena se deslizó por la espuma ondulante, nadando hacia el divino encuentro. Llegó, e inmersa en el abrazo tan deseado, acarició su cabellera larga y plomiza, y la besó con infinita ternura en medio de la luz plateada que llenaba la bahía. De nuevo era noche de luna llena.

La experta

Cada mañana abre los ojos, y con ellos, se abren las puertas a un día especial. Se levanta temprano, con el ánimo siempre puesto en el objetivo. Se trata de una gran empresa. Sin lugar a dudas, la más importante de todas. Mientras se asea, piensa en los desafíos que enfrentará de manera inevitable durante la jornada laboral. La invaden una serie de sentimientos encontrados porque, a pesar de ser una optimista infalible, sabe que el ambiente en que se mueve no es fácil; nunca lo ha sido y nunca lo será. Escoge la ropa perfecta para darse su puesto, infundir respeto y lograr sus metas. La vida le ha dado un profundo conocimiento de la naturaleza humana, que ella combina con una gran dosis de psicología para llevar a cabo su estrategia. Bebe un café y desayuna, revisando en la mente los pasos que seguirá. Su trabajo está lleno de proyectos provocativos que requieren de mucha experiencia y sabiduría para llevarlos a cabo. Toma su maletín y su bolso, y sale de su casa a dominar el día con lo que venga. Saber negociar a todos los niveles se ha convertido en su mejor instrumento de conquista. Al fin llega. El portero la saluda con una gran sonrisa y la misma expresión de asombro diario ante su caminar vigoroso. Por su carácter resuelto, ha desarrollado una fuente de energía inagotable que la hace sentir casi invencible. Ella le corresponde siempre amable, pero sin detenerse. Sabe que la esperan. A medida que avanza por los pasillos, va regalándoles sonrisas encantadoras a todos los compañeros de trabajo, repitiendo para sí el plan que tiene y comprobando de nuevo que la creatividad es una cualidad imprescindible en su carrera. Se acerca a su puerta. Sabe que llegó el momento de encarar el reto y triunfar. Toma el pomo. Cierra los ojos. Respira profundo. Abre dando un paso al frente y enseguida escucha el coro del saludo matutino: "¡Buenos días, maestra!".

Constitución, Democracia y Libertad

Caracas, 23 de enero de 1958.

"En la Maternidad Concepción Palacios nacieron hoy al mediodía las primeras trillizas del año, a quienes los orgullosos padres les dieron los nombres de Constitución, Democracia y Libertad".

Eran tres bebés preciosas; las más lindas y rozagantes que nacieron ese día... ese mes... ese año. Con facciones amables y sonrisas perennes, tenían los ojos grandes y expresivos, y se maravillaban ante todo lo que descubrían.

A lo largo de los años, junto a su hermosa familia, las tres hermanitas fueron creciendo bellas, fuertes y sanas. Asistieron a la escuela pública Domingo Faustino Sarmiento en Maripérez, donde además de lengua y matemáticas, aprendieron sobre los símbolos patrios, las costumbres y las tradiciones de su bello país.

Como a tantos venezolanos, a las trillizas les encantaba ver Radio Caracas Televisión con sus padres y sus dos hermanos. No se perdían las novelas ni mucho menos la Radio Rochela, con sus parodias de la cultura y la política; siempre las comentaban en casa y con los amiguitos.

En aquellos tiempos, la familia de las tres niñas vivía en una Caracas tranquila, a pesar de su crecimiento constante. Los fines de semana visitaban el Paseo Los Próceres, el Parque del Este, el teleférico, la playa; iban de excursión por los Altos Mirandinos al Embalse La Mariposa, o a los pueblos del Junquito o la Colonia Tovar en Aragua, o sencillamente se quedaban en la ciudad para disfrutar la vida cultural de la capital.

Constitución, Democracia y Libertad fueron al Liceo Andrés Bello, donde estudiaron álgebra y literatura, ciencias naturales, física y química; y sobre todo la historia de su patria y el bravo pueblo que la habita, y también aprendieron sobre el resto del mundo y los países que lo forman. Al terminar la secundaria, Constitución se graduó de Bachiller en Humanidades, mientras que Democracia y Libertad se recibieron como Bachilleres en Ciencias. Las tres hermanas continuaron sus estudios en la Universidad Central de Venezuela.

Constitución estudió leyes, Democracia estudió Arquitectura y Libertad estudió Biología, graduándose todas en 1981. Eran estudiantes brillantes, trabajadoras y bellas. Tanto en la universidad como en las fiestas, los muchachos siempre se sentían atraídos por las trillizas, como un enjambre de abejas en busca de miel. Invariablemente, cada vez que algún chico se presentaba y les preguntaba sus nombres, ellas respondían a coro: "¡Constitución, Democracia y Libertad, aunque no lo creas!", a la vez que le regalaban tres preciosas sonrisas. Nunca les faltaron pretendientes.

Así, llegó el momento en que comenzaron a tener novios formales. Constitución se enamoró de un compañero de clases, de tipo muy varonil y con un carácter bastante fuerte, que a ella le atraía mucho. Democracia salía con un ingeniero petrolero que ya trabajaba en PDVSA con un sueldo bastante bueno, y Libertad estaba con un estudiante de periodismo que además era poeta. Todas se casaron en el '83 y, sin dejar de trabajar en sus profesiones, tuvieron hijos.

Pasaba el tiempo, los niños de las trillizas crecían junto con el país, que en medio de sus altos y bajos políticos, económicos y sociales, les ofrecía todas las posibilidades del mundo, del primer mundo. La hija mayor de Democracia tocaba el violín en el Sistema Nacional de Orquestas Infantiles, el hijo de Libertad aprendió a tocar el cuatro y la mandolina en la Fundación Bigott, mientras que el hijo menor de Constitución jugaba beisbol con los Criollitos de Venezuela.

Todo andaba de mil maravillas, o al menos así parecía. Las tres hermanas siempre fueron muy unidas, apoyándose mutuamente en toda situación. Sin embargo, la tragedia tocó a sus puertas un martes 4 de febrero de 1992, cuando Democracia fue secuestrada muy temprano en la mañana, camino a su trabajo. Al principio, los raptores exigieron una suma impagable y luego no se volvieron a comunicar más con los familiares, que quedaron devastados, sin noticia alguna. Ahora, los hijos se crían solos con su padre, que al menos cuenta con la ayuda del resto de la familia.

Más o menos para el mismo tiempo, el esposo de Constitución comenzó a maltratarla verbal y físicamente cuando estaban solos. Ella no entendía su comportamiento y buscaba excusarlo de cualquier manera, hasta que, dolorosamente, se fue percatando de que el matrimonio perfecto que le mostraban a los demás era solo una pantalla que ella seguía manteniendo por su eterno miedo al qué dirán. Con los años, las faltas de respeto, los golpes y las violaciones que sufría se tornaron rutinarios, hasta que un buen día, Constitución no pudo volver a levantarse del suelo, desangrándose internamente. La policía no intervino, y el marido está como si no hubiese pasado nada.

En cuanto a Libertad, encontró el fin una tarde de mayo el año pasado, cuando le robaron el carro y sus pertenencias a punta de pistola en el estacionamiento de un centro comercial. Según lo que cuentan algunas personas que presenciaron el asalto, ella salió del carro y les dio las llaves y el bolso entero a los maleantes, rogándoles que no la mataran, que tenía un hijo, que la dejaran ir. Pero ellos, con los ojos rojos y riéndose a carcajadas, la balearon siete veces.

Los padres y los hermanos de las trillizas aún no terminan de entender qué fue lo que pasó con aquellas mujeres valientes, honestas, inteligentes, luchadoras y hermosas; venezolanas en toda la extensión de la palabra. Lo único que sienten ahora es un inmenso vacío dentro del pecho...

Leonor Zaa Lizares

De nacionalidad peruana. Cursó estudios en la Pontificia Universidad Católica del Perú, en las facultades de Filosofía, Psicología y Educación. Obtuvo un Doctorado en Educación en la misma Universidad y su Licenciatura en Psicología en la Universidad Ricardo Palma. Hizo estudios de Post Grado en el Centro de Psicoterapia Psicoanalítica de Lima. Es poeta, escritora y psicoanalista. En la XV Bienal de Cuento Premio Copé Internacional 2008 fue finalista con el cuento "Campanario". Obra Narrativa publicada: *Un violín para el danzac* 2010, *Tempestad en Retiro* 2018, Muestra narrativa *"13 Del Cuento"* 2018. Ensayo: *La captura de Atahualpa y el Poder del Fetiche*, CALAC – Ottawa 2013. Publicada en Lima, Perú en Acta Herediana. Volumen 55, 2014 – 2015. Obra poética publicada: *Sumac*, *Cada mañana me saluda el día*, *Acero y Miel*, *Rosa Castálida*, *El Loto Azul*, Antología *50 Poetas del Perú*. *La poesía nos une* 2017.

Tempestad en Retiro

Emilio Pereira abrió la carta de frases precisas y caligrafía pulcra. Fue suficiente para conducirlo al espacio de la nostalgia.

María Joaquina, su madre, le escribía: "No me resigno a perderlo todo. Perdí a tu padre. Ramiro, tu hermano, falleció hace seis meses defendiendo nuestras querencias y toreando las balas de los agitadores como un diestro. Paloma, tu hermana, tiene suficiente cuidando a sus hijos. El mundo, lo sabes, está cambiando y el Perú también. Vivimos tiempos nefastos. Solo me quedas tú y el Cristo Cautivo de Retiro. Te extraño, hijo. Regresa".

Después de leer la carta, la dobló con cariño, cerró los ojos y se sumergió en un tiempo sin fronteras. Cómo no recordarlo. Era el segundo de tres hermanos, dos hombres y una mujer. Cuando la familia viajaba de vacaciones a las haciendas elegían Retiro, privilegiada por su bucólico paisaje. La Casa Grande, como la conocían, había permanecido prácticamente inalterada desde el siglo XIX; sus escarpadas laderas se hundían en profundos pliegues, verdes durante la primavera. La tierra estaba bendecida por el agua del río que casi la circundaba y por los manantiales y riachuelos que bajaban libérrimos desde las níveas cumbres.

La hacienda Retiro, con sus flancos boscosos de eucaliptos y cipreses, era pródiga y acogedora como un regazo recóndito, donde pastaban rebaños de merinos con crespos rulos, semejantes a niños, y ganado bovino importado de Holanda, bueno por su abundante leche para elaborar la mantequilla y el queso de la hacienda.

Agustín, su padre, sentía gran cariño por Colombroño, el brioso alazán de pelaje rojizo. Se llamaba así porque se entendían como grandes amigos, como tocayos. En algunas circunstancias, estando herido por las pedradas de abigeos encapuchados, el noble bruto le salvó la vida al conducirlo por caminos que solo él reconocía. Agustín le confiaba entonces a su mujer —quien sobre Trueno, su potro, era también excelente jinete—: "Creo que solo a ti y a mis hijos los amo más que a Colombroño".

Emilio recordaba nítidamente cómo su padre les enseñó a cabalgar y a templar el carácter. Llevaba sobre la grupa a Paloma, su engreída, quien abrazada al papá, aprendió de estos trotes. A Ramiro y a él los acercaba al borde de los acantilados que se precipitan en los abismos, para que dominaran el miedo, "¡y hasta el diablo les corra!". Y en otras situaciones les decía: "¡A qué le temen! Somos parte del paisaje, como un árbol, un río, una gota de lluvia o un peñasco"; y acotaba: "Si su inteligencia no es suficiente para otear el peligro, confíen en el caballo".

Emilio, a diferencia de sus hermanos, no siempre compartía el entusiasmo de su progenitor. Heredó el don de la pintura y la sensibilidad de su madre. Fue ella quien lo alentó a viajar a Europa cuando al cumplir los veinte años, les expresó su decisión de marcharse.

Con estas reminiscencias organizó en París, donde vivía, el retorno a la patria.

Cuando Emilio llegó a Lima, María Joaquina lo esperaba en la casa de Miraflores, sobre cuyos muros florecían ramadas de encendidas buganvillas y primorosas madreselvas. Al verlo trasponer el umbral, sus hermosos ojos color miel se iluminaron, y en su rostro de facciones bien delineadas se dibujó una amplia sonrisa. Él pensó que nada, ni nadie, opacarían aquel brillo.

Su madre corrió a su encuentro y le echó los brazos al cuello, besándolo una y otra vez con inmenso cariño. Un renovado aire de dicha recorrió sus venas, como si la vida los hubiera enraizado con fuerza a la tierra.

—Por fin llegaste, Hijo. Tienes el mismo porte de tu padre. Hay mucho de que conversar; pero antes, que el mayordomo lleve tus valijas al dormitorio. Con el calor que hace, tal vez quieres refrescarte.

Más tarde, a la hora del almuerzo, ingresaron al comedor charlando. Ahí, luego que Emilio degustara los deliciosos potajes que su madre había preparado con esmero para él, y mientras el aromático café filtrado gota a gota en la vieja cafetera estuviera listo, María Joaquina le preguntó:

—¿Te acuerdas del Cristo Cautivo de la hacienda Retiro? Tu bisabuelo trajo esa imagen de Toledo, y desde entonces ha pertenecido a nuestra familia.

—Cómo podría olvidarlo, si lo primero que hacíamos al llegar a la hacienda era visitarlo en la capilla, porque tú con fervor decías: "El Cristo Cautivo nos espera".

—Así es, Hijo, no tengas la menor duda; hoy más que nunca también nos espera.

—¿Qué es lo que pretendes, Mamá?

—¿No lo has entendido?

—No. Ya te confiscaron las tierras y a Retiro jamás te dejarán entrar.

—¡Cómo que no! A la Casa Grande de Retiro, sí. Y allí está el Cristo Cautivo. ¡Nuestro Cristo!

—¿Quieres que volvamos?

—Por supuesto. ¿Crees que soy capaz de abandonarlo? Sería una traición y mi propio calvario. No renunciaré al Cristo de mis padres. ¿Qué sería de mí, de mi familia y de la memoria de mis muertos, Hijo? ¿Comprendes?

—Trato de asimilar... Mamá. ¿Te das cuenta del peligro? ¡Es una locura! ¡Nos lincharían! Acuérdate lo que les pasó a mi padre y a mi hermano.

—Justamente por eso. ¡Quiero rescatarlo! Por favor Hijo, acompáñame. Solo tengo una vida, nada más te pido.

Emilio guardó silencio. Evocó el perfil de su padre cabalgando en el tajo del abismo, creyó escuchar su voz cuando siendo niños, les decía a Ramiro y a él: "A qué le temen, somos parte del paisaje". Se serenó, comprendió el ruego de su madre y aceptó el desafío.

María Joaquina tenía un plan: viajarían por avión a la ciudad de Juliaca, para continuar desde allí el recorrido en una camioneta conducida por Honorato, el hijo del viejo chofer, internándose por el accidentado camino de la sierra hasta llegar a la hacienda. En el puesto de vigilancia esperaría un familiar de Honorato, quien era ahijado de María Joaquina y a la sazón, policía. Facilitaría, si todo salía bien, el ingreso a la Casa Grande.

El viaje por avión fue tranquilo; en cambio, desplazarse por la carretera, un albur. Estaba erosionada por las recientes lluvias, los huaicos y el descuido; para acceder a la hacienda tuvieron que atravesar una difícil y anegada trocha.

Al acercarse a la Casa Grande, las remembranzas de María Joaquina se agolparon dentro del pecho como aves heridas buscando refugio.

Agustín murió en un accidente provocado arteramente por sus adversarios políticos. Avanzaba la tarde cuando fue a llenar el tanque de su camioneta en el grifo del pueblo más próximo a la hacienda. En esas circunstancias, cortaron los conductos del freno de su vehículo. Ella pudo haber muerto con él, pero sintiéndose indispuesta, decidió quedarse en Retiro.

Fecha aciaga, caída la tarde el resplandor del sol se extinguía como un espectro detrás de la cima helada de los cerros; mientras en la caballeriza, Colombroño, encabritado, con sus cascos en alto, relinchó varias veces con un resoplido potente y nervioso, parecido a un lamento. Al oírlo María Joaquina, sintió escalofríos y con temor pensó: "Parece un mal presagio".

Era la hora del Ángelus y se dirigió a la capilla en procura de oración y paz, mientras el viento zarandeaba impío las ventanas del oratorio.

Por la noche se enteró por su hijo Ramiro de la muerte de su esposo. No podía creerlo, seguramente se trataba de una confusión. A lo mejor estaba herido. ¿Muerto? No. Necesitaba verificarlo personalmente, y pidió a su hijo que la llevara al lugar del accidente. Imposible oponerse; ella iría de todas maneras.

Serpenteando, el vehículo trepaba por el lindero de los acantilados. Al fin, llegaron a la angosta garganta conocida como "La quebrada del diablo". Ahí los esperaba una horrible e inmisericorde tragedia: sobre una saliente del cerro afilado como un puñal de piedra, clavado por traicionera mano, lograron ver en la penumbra, la camioneta destrozada. Dentro de ella, Agustín yacía abrazado al timón, sus ojos abiertos e inmóviles parecían mirarla.

La mujer lo contempló con estupor. No, no fue un malentendido. El único hombre que había amado en su vida, estaba muerto.

De regreso a la hacienda, sumergida en sus cavilaciones, insomne, desolada, salió al porche y buscó a Dios en la oscura noche, para increparlo:

—¿Te has enterado de la muerte de Agustín? —preguntó, cortando con su aliento el aire gélido—. ¿Hiciste algo para impedirlo? Quisiera arrancarme los ojos para nunca más buscarte.

En la cúpula del cielo, las estrellas infinitas de luz titilaban y el silencio la envolvió; el pavor, la tensión del dolor que enajena y redime, la alcanzaron.

En el ocaso llegaron a la hacienda Retiro. No faltó algún campesino que los espió con malicia. Descendieron con premura de la camioneta. Les esperaba un arduo trabajo.

Como penitencia, la antigua dueña no quiso probar bocado. Ingresó a lo que fue su dormitorio; algo agitada abrió la cómoda. Allí encontró el poncho de vicuña de su esposo, la bufanda y el sombrero. Buscó a su hijo y le entregó las prendas:

—Emilio, son para ti, quiero que las uses cuando salgamos de esta casa. Tienes el mismo porte de tu padre.

Antes de la medianoche, madre e hijo portaron linternas y acompañados de Honorato ingresaron en la capilla. Al encenderlas, descubrieron que habían desaparecido las bancas de madera, como también las imágenes que representaban las catorce estaciones de Cristo en su camino al Calvario. Con paso decidido, la mujer avanzó hasta el altar dirigiendo los haces de luz de la linterna sobre la efigie que, más que ver, adivinaba en la oscuridad. De pronto, percibió una aureola de luz que iluminaba la milagrosa imagen.

El Cristo Cautivo era una hermosa talla de caoba. Tenía aproximadamente un metro ochenta de altura; la cabeza, brazos y piernas articulados con destreza, formaban una acabada joya de ebanistería. Su rostro sereno, de mirada misericordiosa, conmovía.

Postrada en tierra, María Joaquina, estremecida hasta las lágrimas, musitó:

—Señor, aquí estamos. Hemos venido a llevarte, prefiero morir si Tú te quedas. Ayúdanos, te suplico. Para Ti no hay imposibles —la certeza de su fe trascendía lo que la razón no lograba comprender.

Emilio, quien además de pintor también era especialista en imágenes antiguas, con sumo cuidado bajó al Cristo del altar con la ayuda de Honorato. Una vez sobre la mesa, tendría que descifrar la clave del engranaje de las articulaciones para separar los brazos y piernas del tronco. Así sería posible acomodarlo dentro de la caja y trasladarlo en la camioneta. "Evitaremos sospechas, Hijo", le había dicho su madre.

Trabajaron con denuedo toda la noche, culminando la tarea antes de que el sol despuntara. Al salir de la capilla llevando su preciosa carga se dirigieron a la casa hacienda, pues tenían que abandonar el lugar de inmediato.

Retumbó un trueno a lo lejos.

—¡Esa es la señal! ¡Eso quiero! —dijo María Joaquina.

Ya en su habitación, Emilio se puso el suave poncho de vicuña y la chalina. Cuando se caló el sombrero, se miró en el espejo y creyó ver la estampa altiva de su padre. En ese instante comprendió cuánto se parecía a él y lo mucho que lo había amado.

Su madre, al verlo comentó:

—Así vestido, tengo la impresión que nos acompaña también Agustín y los campesinos nos tendrán más respeto.

El amanecer cubierto de nubes plúmbeas se les venía encima. De prisa, colocaron la caja con el Cristo debajo del asiento posterior de la camioneta. Domitila, sobrina del chofer, viajaría con ellos sentada al lado del Señor Cautivo, protegiendo con su manto de colores la urna donde reposaba. Y a su costado, el tío.

Emilio decidió conducir la camioneta hasta el pueblo. Mientras encendía el motor, pensó en lo que Retiro significaba para él; era el mundo mágico colmado de vivencias, relatos y anécdotas que escuchaba con asombro junto con sus hermanos al calor de los leños encendidos del hogar. Fue allí donde cuajó su alma y cargó el óleo de sus pinceles.

María Joaquina, de pie, contemplaba la antigua casona; entrañable alhaja enclavada en el paisaje que tanto amó desde niña. Eran parte suya los remansos íntimos, las jornadas de trabajo, el balido de las ovejas en el baño y la esquila que ella misma supervisaba. Incluso las penas e incordios; María Joaquina sintió un nudo en la garganta y las lágrimas pugnaron por salir. Aspiró entonces una bocanada del aire frío para no desfallecer.

Se oyeron nuevos estruendos rajando el cielo. La luz zigzagueante de un relámpago parecía vaticinar algo.

—¡Buena señal, sí, otra vez! El Señor Cautivo nos ampara —exclamó la madre mirando el cielo.

Reconfortada, subió al vehículo. Su hijo la esperaba con preocupación, pero dispuesto a dar la vida por ella. María Joaquina tomando asiento, les mostró el megáfono que había sacado del desván, y dijo:

—Prepárense para cualquier emergencia. Confiemos en Él.

Avanzaba la camioneta vacilante, ladeándose entre los baches y dando tumbos sobre la vieja trocha. De pronto, a lo lejos en la explanada, en la periferia de la casa hacienda, los esperaba una turba de campesinos.

—¿Y eso? Pero, ¿qué ocurre? —se alarmó Emilio. Su madre se persignó, para luego señalar:

—No tengan miedo. ¡Menos mal que traje este bendito aparato! Ahora se las verán conmigo, ¡nunca me quitarán al Cristo! Tantos años con mi familia. ¡No le pertenece a estos ingratos!

—Mamá, pero ¿sabrán que nos llevamos al Cristo?

—¡Así lo sepan! Déjame a mí, ya verás.

Una turba azuzada por agitadores se interpuso en el camino. Los amenazaban con piedras y palos, enardecidos, dispuestos a lincharlos, enrostrándoles unas pancartas donde se leía:

La tierra es para quien la trabaja.
¡Ya no más abusos! ¡Fuera los explotadores!
¡No comerán de nuestra pobreza!
¡Mueran los gamonales!

María Joaquina se dio coraje; con gran temple abrió la ventana instalada sobre el techo de la cabina. Amenazaron entonces arrojarle piedras.

—¡Tierra o muerte! ¡Tierra o muerte! —vociferaban.

De súbito y de modo extraño, un fogonazo de relámpagos azules encendió el cielo y lo azotó ahora con gran estruendo, se estremeció el aire en presagios, anunciando tormenta. Los campesinos quedaron paralizados, perplejos. Viendo el centelleo repentino de relámpagos que precedían el bramar de truenos, sintieron temor. ¿Se equivocaban? ¿Observaba el Tatito lo que ellos hacían? ¿Así era su furia? ¿Tanto su poder? Entonces María Joaquina se incorporó, y con voz enérgica, usando el megáfono exclamó:

—¿Por qué nos esperan con piedras y palos? ¿Qué dicen sus pancartas? "La tierra es para quien la trabaja". Pero, ¿acaso yo me la llevo? ¿Qué parcela me llevo de ustedes? ¿No les enseñamos a trabajar? Usen las piedras para clavar las estacas y cercar sus estancias. Dedíquense a sus chacras, guarden su ganado y cuídenlo. ¡Nada me llevo de ustedes!

—¡Al Tatito te estarás llevando, quizá! —gritó un viejo.

—¡Nuestro es! ¡Cuántas fiestas le hicimos! ¡Cuánto le lloramos! —clamaron otros.

En ese momento cayó un rayo con estrépito, partió un árbol y lo incendió.

Los campesinos quedaron aterrados. ¿Algo les anunciaba esto? ¿No estaban abusando de la patrona, quien después de todo, cuando se enfermaban los cuidaba en la posta de salud? ¿No abrió una escuelita donde aprendieron sus hijos a leer? ¿Acaso don Agustín cuando vivía no les enseñó a curar a sus animales? Confundidos, tambaleantes, se replegaron. La fuerza de un sentimiento superior, aliado con el viento, les hizo bajar las pancartas. Empezaron a caer los primeros goterones de lluvia.

—¡Algo nos anuncia el cielo! Déjenlos pasar... —exclamó el mismo viejo, arrojando la piedra a un charco.

—¡El Tatito estará con ellos! ¡Por eso el cielo hablará así! —dijo otro, con miedo, y también soltó las piedras que sostenía.

La camioneta siguió su marcha hasta el pueblo. No obstante, cuando ingresó a la plaza y pasó por la antigua iglesia, frenó con fuerza y el motor se apagó. Emilio, desconcertado, pretendió bajar para revisar la avería, pero su madre demudada dijo:

—Llamen al señor cura, porque aquí el Cristo Cautivo quiere quedarse. Estaba ciega, perdóname Dios mío. Esa es Tu voluntad. ¿Quién soy yo para oponerme a ella? Tú estás cautivo para darnos la libertad.

Más tarde, alejándose en el vehículo, María Joaquina apoyó su cabeza sobre el hombro de su hijo, y como un leño que después de arder se quiebra, rompió a llorar.